Valérie
Die Meisterdiebin von Paris

Andrea Schütze hat in ihrer Kindheit so ziemlich alle Hobbys ausprobiert, die man sich nur vorstellen kann. Irgendwann ist sie beim Lesen geblieben und schreibt deshalb auch so gerne selber Bücher. Sie hat einen Gesellenbrief als Damenschneiderin, ein Diplom als Psychologin, aber kein Seepferdchenabzeichen. Mit ihren Töchtern und einem Kätzchen lebt sie in einem rosaroten Haus mitten im Schwarzwald. In der Nähe gibt es eine Stelle, an der man gleichzeitig in Deutschland, Frankreich und der Schweiz stehen kann – vorausgesetzt natürlich man hat drei Beine.

Weitere Bücher von Andrea Schütze bei Planet!:

Agentur Pechpilz und Glücksvogel

Mehr über unsere Bücher, Autor:innen und Illustrator:innen auf:
www.thienemann.de

Andrea Schütze

Valérie

Die Meisterdiebin von Paris

Mit Illustrationen von
Alexandra Helm

PLANET!

Voler des voleurs, c'est pas voler.
(Diebe zu bestehlen ist kein Diebstahl)
Französisches Sprichwort

Wer einem Dieb folgt, lernt stehlen
Afrikanisches Sprichwort

Prolog

Wovon Valérie nichts ahnt …

Ein unheimliches Gebäude, mitten im Wald an einem geheimen Ort. Eine Burg? Ein Kastell?

Im Kamin der Bibliothek lodert ein Feuer.

Spitz und hell züngeln die Flammen empor und hinterlassen schwarze Rußspuren auf den Steinen. Der Kammerdiener hat zu viele Holzscheite hineingelegt, gleich fängt noch der Perserteppich Feuer!

Unwirsch tritt Raoul Rabraqueur mit der Spitze seiner Stiefel in die Flammen, um das Holz zurück in den Kamin zu schieben. Funken stieben auf und brennen winzige Löcher in seine Hose, die sich kokelnd weiterfressen, bis sie endgültig erlöschen.

Doch das bemerkt der König der Diebe gar nicht, denn er starrt finster auf einen Gegenstand, den er in den Fingern hält. Eine kleine, quadratische Fotografie, fast zart wirkt sie in seiner großen Hand. Aber es ist nicht das strahlende Frauengesicht darauf, das Rabraqueur so fasziniert. Die Notiz auf der Rückseite ist es, die ihn in Bann zieht …

»Rrraaahhh«, stößt er hervor. Dann holt er aus und schleudert das Foto mit gebleckten Zähnen in die Flammen.

Sofort beißt sich knisternd die Hitze ins Papier und die Ecken beginnen sich aufzurollen.

Da gibt sich Rabraqueur einen Ruck, tritt an den Kamin und fasst in die Flammen, um das Foto vor dem Verbrennen zu retten. Es stinkt erbärmlich, als die Härchen auf seinen Händen verkohlen, doch Rabraqueur spürt keinen Schmerz. Er greift nach der Rotweinflasche auf dem Tischchen, zieht den Korken mit den Zähnen heraus und schüttet die Flüssigkeit über das Foto, um das Glimmen zu löschen.

Immer noch lächelt die Frau.

Schnaubend dreht Rabraqueur das Foto um. Die Worte sind ebenfalls noch zu lesen.

Rabraqueur überfliegt sie wieder und wieder, spuckt verächtlich auf den Boden und legt das Foto dann auf seinen Schreibtisch. Er beschwert es mit einer kleinen Statue aus Gold, und tritt an eines der Bücherregale, die die Wände der Bibliothek bis zur Decke ausfüllen. Mit dem Fuß schiebt er grob den dösenden Hund beiseite und zieht die Regalleiter zu sich. Dann setzt er mit Wucht den ersten Schritt auf die Sprosse, sodass sie krachend zerbirst und der Hund sich winselnd in eine andere Zimmerecke verkriecht. Rabraqueur muss bis ganz nach oben steigen, um das gesuchte Buch zu erreichen. Er zieht es heraus und setzt sich damit in den staubigen Sessel vor dem Kamin, nimmt seine Zigarre und blättert ziellos durch die Seiten.

Hier.

Hier steht es.

Das, wonach er schon sein ganzes Leben sucht, und ebenfalls sein Vater und dessen Vater und des Großvaters Vater. Doch niemand war so nah dran, es zu besitzen, wie er. Er hatte es sogar direkt vor seiner Nase. Aber es ist ihm durch die Lappen gegangen. Zwischen den Fingern entwischt. Erst das eine Kind, dann das andere …

Rabraqueur spuckt Tabakstückchen auf den Boden, schlägt die Seiten nun an einer bestimmten Stelle auf und beginnt zu lesen.

Obwohl er es eigentlich gar nicht müsste. Er kennt diese Textstelle im *Geheimen Buch der Diebe* längst in- und auswendig, jedes einzelne, verfluchte Wort …

Die Große Gabe

Eines Tages wird sie seien,
sich offenbaren in derer Zweien.
Im selben Mond lebendiglich,
einer hat's, der andre nich'.
Du wirst erst wissen, was erblüht,
wer sich zu Zeit und Ort bemüht.
Wesen, nicht dieselben, aber gleich,
machen den Beherrscher reich.

Rabraqueur lässt das Buch sinken. Für einen kurzen Augenblick ist es vollkommen still. Nur das Knacken des Feuers, das Ächzen des hölzernen Gewölbes und der raue Atem des Hundes sind zu hören. Unvermittelt springt Rabraqueur auf und schleudert das Buch auf den Schreibtisch. Klirrend fegt es ein Tablett mit hauchfeinem, japanischem Teegeschirr zu Boden.

»Ich bin der Meister, der König! Ich! Mich werdet ihr reich machen, hört ihr? Und wenn euch zu finden das Letzte ist, was ich tue! Wachen!«, brüllt er und stürmt hinaus.

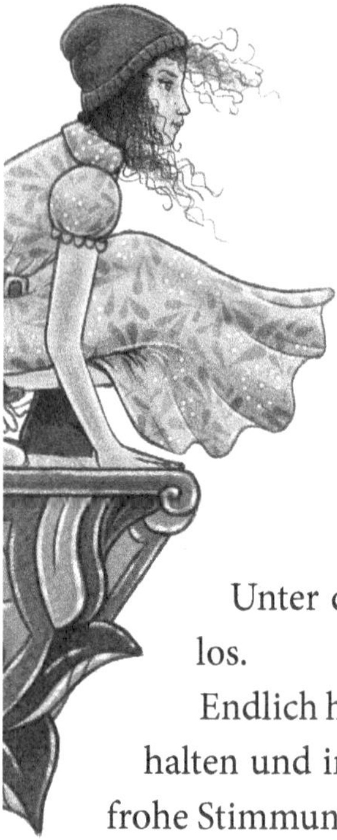

Kapitel 1

Unter dem Eiffelturm ist heute besonders viel los.

Endlich hat der Frühling auch in Paris Einzug gehalten und in der Luft liegt eine prickelnde, lebensfrohe Stimmung.

Touristen aus aller Welt bevölkern erwartungsvoll den Platz unter den gigantischen Eisenstreben des mächtigsten Wahrzeichens von Paris.

Ein Pierrot, mit einer riesigen Traube bunter Ballons in der Hand, kommt mit dem Verkaufen fast nicht hinterher. Jedes Kind und fast genauso viele verliebte Pärchen möchten einen erstehen – es gibt Kätzchen, Meerjungfrauen, Micky-Mäuse, Einhörner oder Herzen – und mit dem blauen Himmel und dem Eiffelturm im Hintergrund, werden all die unzähligen Selfies, die heute geknipst werden, gleich noch mal schöner.

Auch der Verkauf in den Souvenirshops brummt: Eiffeltürme in allen Größen und Preisklassen, abgedruckt auf

Sonnenbrillen, Bechern, Taschen und Postkarten. Reisegruppen aus Asien werden von eifrigen Fremdenführern zu den Ticketständen geleitet, Rucksackreisende dösen mit dem Gesicht in der Sonne an ihr Gepäck gelehnt, Kunststudenten üben mit Blöcken auf den Knien das perspektivische Zeichnen, Kinder flitzen umher und eine Violinistin rührt mit ihren Melodien die Herzen.

Es gibt eine »Lebende Statue« zu bewundern, die selbst dann wie in Stein gemeißelt und unbeweglich bleibt, als ein Hund sein Bein hebt und erst im letzten Moment von seinem Besitzer weggezogen werden kann.

Die Menschen vertreiben sich die Wartezeit vor den Aufzügen mit ihren Handys, reden oder lesen in Reiseführern und Stadtplänen. Eltern versuchen, ihre Kinder im Getümmel im Blick zu behalten, Schülergruppen lachen, Pärchen küssen sich. Es werden Hunderte Fotos gemacht und der ein oder andere steht mit in den Nacken gelegtem Kopf da und lässt die Wucht des gigantischen, stählernen Turmes auf sich wirken.

Jeder ist mit etwas anderem beschäftigt.

Nur nicht mit einem.

Dem Gedanken daran, gerade bestohlen zu werden.

All die abgelenkten, faszinierten und neugierigen Menschen auf dem Platz unter dem Eiffelturm denken an alles andere – nur nicht an Juliette, Mihail und Vincent.

Valérie schon.

»Ich sehe euch, Herrschaften«, wispert sie. »Alle drei. Was gar nicht so einfach ist, denn Juliette streift gerade an den Wartenden vor dem Damen-WC vorbei, während Mihail eine Gruppe japanischer Touristen ins Auge gefasst hat.« Also muss Valérie sich entscheiden und konzentriert sich auf Vincent. Er ist der Geschickteste der drei Taschendiebe, weil seine Taktik so ausgeklügelt ist. Während Juliette und Mihail ihre Opfer ausspähen und anschließend umkreisen, immer näher kommen und irgendwann anrempeln oder streifen, um sie zu bestehlen, ist Vincent schon längst fertig und hat reichlich Beute gemacht.

»Aber nicht, wenn ich dich dabei erwische«, murmelt Valérie und tritt hinter dem Rücken eines ziemlich korpulenten Mannes hervor, der ihr schon eine ganze Weile sicheren Spähschutz gegeben hat, ohne etwas von seiner wichtigen Aufgabe mitzubekommen. Und selbst wenn er sie bemerkt hätte, er hätte sich bestimmt nicht gewundert, denn Valérie sieht völlig unverdächtig aus, überhaupt nicht so, wie man sich gemeinhin eine Meisterdiebin vorstellt, obwohl sie genau das ist.

Das Mädchen mit der Schiebermütze aus Cord, der braunen Lockenmähne, dem langen geblümten Sommerkleid, den knöchelhohen Sneakers und der uralten, sattelförmigen Umhängetasche aus Leder, sieht eher aus wie … wie …

ja, wie eigentlich? Valérie lächelt bei dem Gedanken an ihr Vorhaben und taucht in die Menge ein. Nicht, dass man überhaupt weiß, wie typische Diebe aussehen oder es typische Diebe überhaupt gibt, aber ganz gewiss käme einem nicht ein so spezielles Mädchen wie Valérie in den Sinn. Und wenn doch, wäre das auch nicht weiter tragisch, denn Valérie ist darüber hinaus noch völlig unsichtbar. Okay, nicht unsichtbar im Sinne von Geist oder Gespenst oder durchsichtig, aber irgendwie nicht richtig sichtbar für Leute mit einem ganz normalen Gehirn, einem ganz normalen Verstand und ganz normalen sechs Sinnen. Das heißt, so gut wie für jeden Menschen auf diesem Planeten. Eine Begegnung mit ihr bleibt mehr ein flüchtiger Eindruck, eine Frage, ob man wirklich gerade gesehen hat, was man gemeint hat zu sehen. Oder war es eine Täuschung, bloß Einbildung? Valéries Vater nennt es »Eine der beiden Gaben«, Valérie selbst nennt es »praktisch«.

Und das ist es, wie wir gleich sehen werden.

Beinahe unsichtbar kann Valérie also durch die Touristenmassen schlendern, um Vincent nicht aus den Augen zu verlieren.

Wie üblich hat er sich verkleidet, sorgfältig und überlegt. Heute mimt er eine Art interessierten Geschichtsprofessor oder Gelehrten, irgendwie aus der Zeit gefallen, mit Bart und runder Brille, braunem Anzug und burgunderroter

Fliege. Unter dem Arm klemmt eine alte Aktentasche, aus der Vincent immer wieder ein Notizbuch herausholt, um etwas hineinzukritzeln.

Vermeintlich herausholt, um vermeintlich etwas hineinzukritzeln.

Denn Vincent wird stehlen. Sein Weg wird ihn langsam, aber stetig schnurgerade durch die Menschenmenge führen, dabei wird er sich interessiert geben, vertieft, gleichzeitig irgendwie in Eile, ganz so, wie sich jemand verhalten würde, der wahrlich Besseres zu tun hat, als ziellos herumzuschlendern. Während Vincent in Jacken, Rucksäcke oder Kinderwagentaschen greifen wird, bleibt er niemals stehen, schaut niemanden an und blickt nur zwischen Eiffelturm und Notizbuch hin und her, als wäre er schwer beschäftigt.

»Von wegen«, sagt Valérie und nimmt die Verfolgung auf. »Ich kenn dich zu gut«, murmelt sie.

Nur noch wenige Meter trennen sie von Vincent. Sie kann regelrecht spüren, welchen Weg über den Platz er nehmen wird. Fast ist es so, als sei Valérie ihm durch dieses Gespür stets einen Schritt voraus, obwohl sie hinter ihm herläuft. Sie kann den Geruch seines Anzuges jetzt wahrnehmen und verzieht das Gesicht. Sie weiß genau, wo Vincent ihn gestohlen hat. Alle Secondhandklamotten von Monsieur Jérômes Stand auf dem Flohmarkt am Ufer der Seine riechen nach dieser speziellen Mischung aus Kleiderschrank, altem Parfum und seinem Pfeifenrauch, mit dem sie den ganzen Tag eingenebelt werden, während er den vorbeischlendernden Besuchern hinterhersieht.

Vincents Weg führt ihn an einer Familie vorbei und Valéries Kopfhaut beginnt sanft zu kribbeln. Hier ist sie, die perfekte Gelegenheit, denkt Valérie. Vincent wird ausnutzen, dass das Kind im Buggy angefangen hat, zu weinen. Die Mutter wird sich um das Kleine kümmern. Der Vater ist abgelenkt, weil er gerade dabei ist, das Geschwisterchen auf seine Schultern zu heben.

In Valéries Gedanken läuft die Szene wie ein Film ab, obwohl sie noch gar nicht geschehen ist. Valérie ist so konzentriert, dass sie nichts mehr um sich herum wahrnimmt. Sie ist Vincents Schatten. Selbst ihre Bewegungen sind jetzt synchron zu seinen.

In diesem Moment tritt ein, was Valérie vorhergesehen hat.

Um die Hände frei zu haben, steckt die Mutter das Handy in ihre Hosentasche und kramt ein Baby-Fläschchen aus der Kinderwagentasche. Dabei fällt ein Kuscheltier zu Boden und gibt den Blick auf eine bunte Geldbörse frei.

Valérie rollt mit den Augen, weil das hier fast lächerlich einfach werden wird. Sie läuft inzwischen dicht hinter Vincent. Sie ist bereit. Gleich wird alles blitzschnell ablaufen und Valérie genießt jede Sekunde dieser Jagd.

Vincent tritt nun lächelnd an die Frau heran, bückt sich, hebt das Kuscheltier auf, wechselt die Aktentasche unter den anderen Arm, reicht ihr mit einer winzigen Verbeugung und einem höflichen »Voilà Madame« das Spielzeug und geht zügig weiter. Doch bereits nach wenigen Schritten ist Vincent schon nicht mehr im Besitz seiner Beute, weder des gestohlenen Handys in seiner linken Jacketttasche noch des zwischen Aktentasche und Körper eingeklemmten Geldbeutels. Denn beide Gegenstände hat Valérie ihm mit einer einzigen flinken Bewegung abgenommen. Sie steckt sie in die Taschen ihres bunten Kleids und hält im Gewimmel Ausschau nach der bestohlenen Familie, um ihnen die Sachen zurückzugeben. Da, sie hat sie entdeckt und läuft los. Im selben Moment wird sie von einem Mann angerempelt, der mit einer Leine in der Hand nach seinem Hund sucht. Er läuft gebückt und lässt seinen Blick über den Boden schweifen.

»He«, ruft Valérie, greift instinktiv nach dem Träger ihrer Umhängetasche und sieht dem Mann hinterher.

»Tintin?«, hört sie ihn rufen. »Kleiner Tintin! Komm her, Tintin!«

Er klingt traurig und verzweifelt. Hilfsbereit sehen die Menschen sich um, doch Tintin ist nirgends zu entdecken.

Hoffentlich findet er ihn wieder, denkt Valérie mitfühlend, doch mit einem Mal wird ihr eiskalt. Ihr Herz beginnt zu klopfen. Moment mal, hier stimmt doch was nicht, oder? Kann es vielleicht sein, dass dieser Mann …

Und noch bevor Valérie ihre Hände auf die Taschen gelegt hat, weiß sie, was geschehen ist.

»*Sacrément!*«, flucht sie und ihr wird schlagartig schlecht. »Er hat mich bestohlen. Der Mistkerl hat mich bestohlen!«, zischt sie fassungslos.

Sie klettert auf den Rand eines Blumenkübels und lässt ihren Blick über die Menge schweifen.

»Ich krieg dich«, murmelt sie. »Glaub nicht, dass ich dich nicht finde …«

Doch unter dem Eiffelturm ist so viel Trubel, dass es unmöglich ist, ihn in dem wogenden Gewimmel auszumachen. Noch dazu ging alles so schnell, sodass Valérie nicht mal sicher ist, nach wem genau sie eigentlich Ausschau hält.

Missmutig lässt sich Valérie auf eine Bank fallen und massiert ihre Finger. Da kann sie schon die Bewegungen ihres Gegenübers vorausahnen, was für ihren Vater übrigens Gabe Nummer zwei ist, und trotzdem lässt sie sich bestehlen, als wäre sie die totale Anfängerin. Und noch dazu mit solch einem billigen Trick.

»Das macht mich richtig sauer«, mault Valérie.

Dann muss sie trotz ihrer Wut plötzlich gähnen.

Gestern Nacht ist es spät geworden, sie hat bis drei Uhr morgens im *Atelier de la Haute Couture* an der Nähmaschine gesessen, um das neue Kleid fertig zu nähen. Zufrieden streicht Valérie über den Stoff. Es ist ein rundum pudelgutes Gefühl zu wissen, dass man jeden einzelnen Stich selbst gesetzt hat. Und wenn sie sich nicht so über den Zwischenfall ärgern würde, könnte sie dieses Gefühl auch noch richtig genießen. Aber der Gedanke an den Hundesuchtrick des Mannes – oder war es doch ein Junge? – lässt ihr keine Ruhe.

»Als ob der seinen Hund verloren hat!«, schnaubt Valérie und hebt die Klappe ihrer Umhängetasche.

Valérie streichelt Edith und Piaf nachdenklich übers Fell. Die beiden Mäuse blinzeln aus ihrem Nest aus Stoffresten verschlafen in die Helligkeit. Auch sie haben die Nacht im Atelier verbracht, beim Schnurren der Nähmaschine lässt es sich ganz besonders gut schlummern, aber müde sind sie trotzdem schon wieder.

»Das Kleid ist wunderschön geworden«, wispert Edith und hebt den dazu passenden Stoffrest hoch. Mit jedem genähten Kleidungsstück wird ihr Nest auf dem Taschenboden kuschliger.

»Danke«, sagt Valérie und überlegt für einen kurzen Moment, ob sie ihnen von dem Zwischenfall erzählen soll, doch die beiden sehen so müde aus. »Dann schlaft mal weiter«, murmelt sie und klappt den Deckel zu.

Leichtes Gewackel verrät ihr, dass die Mäuse sich noch tiefer in ihre Höhle hineinwühlen.

Valérie sieht sich um. Sie muss einfach noch mal versuchen, den Kerl zu finden. Es ist schließlich eine Frage der Ehre, dass die Familie ihre Sachen wiederbekommt. Valérie hat ein scheußlich schlechtes Gewissen deswegen.

Aber sosehr sie sich auch anstrengt, sie kann ihn nirgendwo entdecken.

Gerade als Valérie beschließt, aufzugeben und nach Hause zu gehen, fällt ihr eine Gruppe junger Mädchen auf, sie sind kaum älter als sie selbst, und umringen mit selbst gemalten Schildern in der Hand ein älteres Ehepaar.

»Ihr blöden Kühe!«, schimpft Valérie entrüstet und springt auf. »Haben die denn überhaupt keinen Funken Gauner-Ehre?«, mault sie.

Das Bestehlen von Touristen, die extra in »ihre« geliebte Stadt kommen, um all die wunderschönen Gebäude, Ecken und Winkel zu bewundern und sich von der Pariser Magie verzaubern zu lassen, ist ja schon scheußlich genug. Wie traurig, all die Reiseschnappschüsse, Selfies und Familienbilder zu verlieren. Das schöne Geld, die Ausweise und Kreditkarten, mit deren Verlust die Laune ins Bodenlose sinkt und dadurch die komplette Reise von einem dunklen Schatten überlagert wird … Aber Menschen mit simulierten Krankheiten und geschauspielertem Leid das Geld aus der Tasche zu ziehen, weil sie ein mitfühlendes Herz auf dem rechten Fleck haben, das ist wirklich das Allerletzte.

Valérie ist jetzt richtig sauer. Nein, das hat nicht das Geringste mit Handwerk zu tun, mit Kunst und Fingerfertigkeit, mit Eleganz, Übung, Geschicklichkeit und …

Valérie schnaubt vor Empörung. Sie könnte sich richtig reinsteigern. Die Kunst des Stehlens zur Meisterreife zu bringen, dafür trainiert sie jeden Tag viele Stunden, an guten und weniger guten Straßendieben, an frechen, talentierten, dummen oder begabten. Sie stiehlt zurück so viel sie kann, jeden Tag von morgens bis abends, wenn ihr Vater glaubt, sie säße in der ehrwürdigen *Bibliothèque Mazarine*, um sich durch die vierhunderttausend Bücher aus vielen vergangenen Jahrhunderten zu schmökern. Nun zu sehen, wie dreist diese Gruppe operiert, das geht zu weit.

»Wir sind taubstumm und arm«, steht auf den Plakaten. »Bitte spenden Sie etwas, damit wir Schulsachen kaufen können«.

»Es heißt außerdem ›gehörlos‹, ihr dummen Gänse«, brummelt Valérie, während sie mit großen Schritten den Platz überquert. Dabei denkt sie an Stéphane aus der kleinen Boulangerie an der Ecke. Er war nämlich tatsächlich gehörlos und einer der lustigsten Menschen, die Valérie kennt. Inzwischen ist er aufs Land gezogen, aber immer wenn sie als kleines Mädchen an der Hand ihres Vaters in den Laden kam und er ihnen das Baguette vom Vortag schenkte, hatte er einen Witz erzählt. Mit der Zeit konnte Valérie die kugeligen, fremdklingenden Worte, die aus seinem Mund kamen, immer besser verstehen und beobachtete fasziniert, wie er und seine Frau Luzie in Gebärdensprache miteinander redeten. Zu Hause hatte sie sich anschließend immer auf einen Hocker vor den Spiegel gestellt und sich mit fuchtelnden Fingern mit ihrem Spiegelbild unterhalten.

Die Mädchen haben inzwischen den Kreis um ihre Opfer enger gezogen und beginnen, ihre Mitleidsnummer abzuziehen, indem sie traurig gucken, seltsame Töne ausstoßen, immer wieder auf die Schilder deuten und bettelnd ihre Hände ausstrecken. Es dauert nicht lange, bis die alte Dame anfängt, im Rucksack ihres Mannes nach dem Portemonnaie zu suchen.

Darauf hat die Mädchenbande nur gewartet. Wie Löwinnen auf der gemeinsamen Hetzjagd beginnen sie nun, ihre Beute richtiggehend zu umzingeln. Während die Frau noch umständlich ein paar Münzen aus dem Geldbeutel holt und sie dem Mädchen mit dem traurigsten Blick in die Hand drückt, haben ihre Komplizinnen bereits eine Kamera und eine zweite Geldbörse aus dem Rucksack genommen. In der Seitenwand klafft außerdem ein langer Riss, aufgeschlitzt mit einem Cuttermesser. Die Diebinnen warten noch, bis die alte Dame das Portemonnaie wieder zurücklegt, um auch das mit einem Handgriff zu entwenden, dann schlendert die Gruppe langsam davon.

Was keine von ihnen bemerkt hat, ist, dass Valérie dem verblüfften Ehepaar das Diebesgut längst zurückgegeben hat und sie selbst soeben von Räuberinnen zu Beraubten geworden sind. Zufrieden betrachtet Valérie die fünf Smartphones in ihrer Hand. Aus irgendeinem Grund kann Valérie überhaupt nichts mit Handys anfangen und obwohl sie jeden Tag die besten, teuersten und neuesten Modelle sieht, gibt sie sie gerne und ohne Neid wieder zurück – Valérie ist lieber ganz hier in der Realität, mitten drin im Leben.

Mittlerweile hat die Bande festgestellt, dass irgendwas nicht stimmt, weder die Beute noch ihr eigener kostbarster Besitz noch vorhanden ist, und geben ihrem Entsetzen lautstark Ausdruck, indem sie hysterisch durcheinanderkreischen und nach der Polizei rufen.

»So viel zu taubstumm, oh Mann«, raunt Valérie und marschiert auf sie zu. »Sucht ihr die hier?«, ruft sie laut und winkt mit dem Fächer aus Handys.

Die Mädchen schreien in einer Mischung aus Erstaunen und wütender Erkenntnis auf und stürzen auf Valérie los.

Valérie lacht. Was für ein Spaß! In wenigen Sätzen hat sie einen der mächtigen Füße des Eiffelturms erreicht und erklimmt die Streben. Immer höher hinauf geht es in dem braungrauen Gestänge, bis Valérie ihr Ziel erreicht hat. Es ist die Aufzugschiene. Gleich wird die rote Kabine wieder ihren Weg hoch hinaus zur Plattform antreten. Gerade als sie an Valérie vorbeifährt, platziert sie die Handys auf dem Kabinendach.

»Genießt die Fahrt«, ruft Valérie vergnügt und macht sich an den Abstieg.

Unten steht die Mädchenbande ratlos zusammen. Immer wieder starren sie in das eiserne Gestänge des Turms. Sie können sich nicht erklären, was gerade geschehen ist. War es wirklich dieses Mädchen im Blümchenkleid, die mit den ergaunerten Handys den Eiffelturm hochgeklettert ist? Unsicher sehen sie sich um. Das müssen doch auch noch andere Leute mitbekommen haben?

Grinsend springt Valérie ihnen von einer Strebe direkt vor die Füße.

»Euren Handys war's in den Potaschen zu langweilig. Sie machen einen Ausflug!«, ruft sie und rennt lachend davon. Erst im nahegelegenen Parc du Champ-de-Mars wird sie langsamer und lässt sich japsend ins Gras fallen.

»So, raus mit euch, Frischluft«, keucht sie, öffnet die Tasche und setzt Edith und Piaf vorsichtig auf die Wiese.

»Ah, non, Natur«, protestiert Piaf, doch als er sieht, wie seine Frau begeistert an den Gänseblümchen schnuppert, huscht ein Grinsen über sein kleines Mausgesicht.

»*Bravo ma Chère*«, lobt Edith und verspeist das Blümchen.

»Meintest du mich oder das arme Pflänzchen?« Valérie grinst und legt sich auf den Rücken.

Hier ist es wunderbar friedlich. An Valéries Lieblingsstelle scheint der Lärm der Stadt so weit weg, als sei man mit nur wenigen Schritten in ein anderes Land gelangt. Piaf springt auf Valéries Bauch und kuschelt sich in die Rüschen.

»Pennrübe«, sagt Valérie. »Wer so viel frisst wie du, sollte sich etwas mehr bewegen.« Schmunzelnd fährt sie mit dem Finger über den samtigen Rücken der Maus und blinzelt in den Himmel. Der komische Druck in ihrem Bauch, der sich dort breitgemacht hat, seit sie selbst bestohlen wurde, hat sich fast schon wieder aufgelöst. »Seht ihr«, sagt sie und deutet auf das Geflecht aus Kondensstreifen, »sieht aus wie ein Schnittmuster. Das da«, Valérie zieht die Linien mit dem Finger nach, »ist der Stoffbruch-hinten-Mitte, das bedeutet, dort wird der Stoff doppelt gelegt. Und hier, das ist der Halsausschnitt und da, Ärmellöcher. Könnte eine Bluse werden …« Plötzlich gibt Valéries Bauch ein lautes Knurren von sich. Erschrocken flüchtet Piaf ins Gras.

»Hunger«, stellt Valérie fest. »Auf geht's nach Hause. Vielleicht hat Papa schon was zum Essen organisiert.« Valérie rappelt sich auf. Sie nennt Gustaves Tätigkeit nie Stehlen oder Klauen, schließlich ist es ein Beruf, eine Arbeit, wie jede andere auch. »Na ja«, Valérie kichert und hebt die Mäuse in die Tasche, »nicht ganz vielleicht.«

Aber wie sollte man das auch erklären, schließlich weiß niemand etwas von dieser anderen Welt, aus der sie, ihr Vater und das Mäusepärchen eigentlich stammen ... Was auch der Grund ist, weshalb die beiden sprechen können.

Ja, es weiß tatsächlich so gut wie niemand überhaupt von ihrer aller Existenz ...

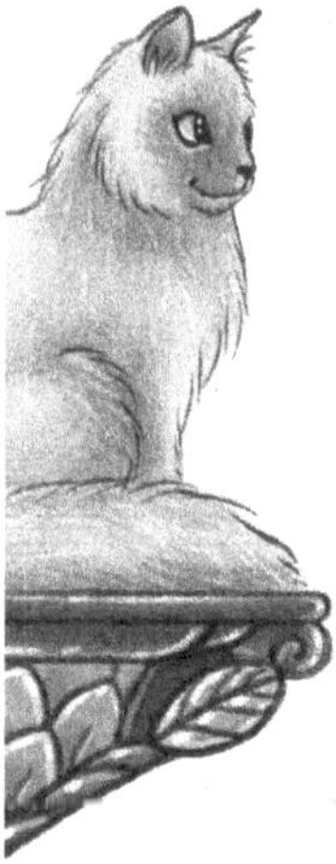

KAPITEL 2

Valérie beschließt, für den ersten Teil des Heimwegs die Métro zu nehmen. Kurz bevor sie die Treppen zur Station erreicht, gelingt es ihr, einen Geldbeutel zurückzuklauen. Der Straßendieb läuft genau vor ihr her und kaum hat Valérie dieses spezielle Gefühl der Vorahnung verspürt, ist es auch schon geschehen: Er lässt etwas in seiner weiten Jacke verschwinden und wechselt so abrupt die Laufrichtung, dass er beinahe in Valérie hineinprallt.

»So geht's natürlich noch leichter«, murmelt Valérie und betrachtet die beiden Geldbörsen in ihrer Hand. »Hurra! Und dann auch noch zwei mit einem Streich«, sagt sie und läuft dem Mann mit dem Einkaufstrolley hinterher. »Das haben Sie verloren, Monsieur«, sagt sie höflich und reicht ihm sein Portemonnaie.

Das andere, laut Personalausweis gehört es einer Frau, lässt sie in den nächsten Briefkasten fallen. Wenn Madame Glück hat, kümmert sich die Post darum, dass sie es zurückbekommt – in den allermeisten Fällen klappt das sogar und es fehlt »nur« das Geld, aber nicht die Ausweise, Karten und der Erinnerungskrimskrams.

Zufrieden läuft Valérie die Stufen zur Métro hinunter und zieht ihre Fahrkarte durch die Lesemaschine am Drehkreuz. Als sie am Bahnsteig steht und auf die U-Bahn wartet, verschränkt sie die Arme und schaudert. Statt stickig ist es heute richtig kalt hier. Valérie zieht schützend die Tasche vor sich. Eine Gänsehaut rieselt über ihren Nacken. Sie runzelt die Stirn.

Was ist denn plötzlich los?

Da beginnen auch Edith und Piaf unruhig in ihrem Nest zu rascheln und Valérie merkt, wie ihr Herz rast, als habe sie einen schnellen Spurt hinter sich gebracht, statt einfach nur ruhig am Bahnsteig zu stehen. Und plötzlich stimmt auch etwas mit ihrem Hals nicht, ein Kloß scheint sich gebildet zu haben, der bis eben noch nicht dort war. Es wird jede Sekunde mühsamer, daran vorbeizuatmen. Valérie schluckt ein paarmal mit großer Anstrengung, um das komische Gefühl wieder loszuwerden, aber die Enge lässt keinen Millimeter nach. Schweißtropfen bilden sich in ihren Achseln und rinnen kalt an ihrem Körper hinab.

Valérie schwankt leicht. Sie muss dringend an die frische Luft – oder sich setzen.

»Wann kommt denn endlich der Zug?«, wispert sie. »Ich kann ganz schlecht atmen.«

Nein, sie muss hier raus, an die frische Luft, dringend!

Als Valérie gerade loslaufen will, bemerkt sie eine Gestalt. Sie ist groß und wuchtig, es handelt sich nicht um den kleinen Dieb von vorhin, das weiß Valérie sofort. Der Mann lehnt an einer Werbetafel und hat seinen Blick direkt auf Valérie gerichtet, ja sie scheint von ihm regelrecht durchbohrt zu werden. Valérie ist vor Schreck wie gelähmt und fängt unwillkürlich an zu schlottern. Mit letzter Kraft tritt sie einen Schritt zurück, versteckt sich hinter zwei Leuten, damit der Mann sie nicht mehr anstarren kann. Als sie nach wenigen Sekunden zum Plakat hinüberschaut, ist er verschwunden. Im selben Moment wird Valérie vom Luftschwall der einfahrenden Métro erfasst, und lässt sich von der Menge der Fahrgäste in die Bahn spülen. Erschöpft fällt sie auf einen Sitz und bemüht sich, tief und regelmäßig zu atmen. Langsam werden die kleinen, blitzenden Lichtpunkte vor ihren Augen weniger.

»*Que diable se passe-t-il*? Was zum Teufel ist passiert?«, haucht Valérie.

Kann es sein, dass sie sich alles nur eingebildet hat? Nein, Valérie schüttelt den Kopf, es war einzig und allein sie, die die Gestalt von allen anderen Leuten auf dem Bahnsteig ins Auge gefasst hat, wie ein Falke seine Beute. Doch er hat sie nicht richtig sehen können, das weiß Valérie ganz genau. Es kann gar nicht anders sein. Aber warum hat ihr das Ganze dann so große Angst gemacht? Sie hat einen regelrechten Panikanfall bekommen, *zut alors*, verdammt!

»*Merde*«, sagt Valérie ratlos und klopft auf die Tasche. »Alles wieder gut, übrigens«, flüstert sie beruhigend.

Als Valérie aussteigen muss, kann sie nicht schnell genug den Ausgang erreichen. Sie ist so erleichtert wie noch nie, das Tageslicht zu sehen.

Valérie überquert die Seine und läuft quer durch den Jardin des Tuileries bis zum Place Vendôme. Mit jedem Schritt, den sie an den vornehmen Häusern mit ihren kugelrunden Buchsbäumen und prächtigen Palmen entlanggeht, scheint die unheimliche Begegnung unwirklicher zu werden und bald kommt es ihr vor, als sei der Schreck in der Métro nur halb so schlimm gewesen. Es sieht schön aus, wie die großen Blumenkübel die Eingangstüren schmücken und unter den großen Baldachinen die Türsteher auf purpurroten Teppichen warten, jemandem die Tür aufzuhalten.

Valérie schüttelt alle dunklen Gedanken ab und pfeift beim Laufen eine Melodie. Es dauert nicht lange und sie ist wieder vom schmetterlingsleichten Frühlingsgefühl erfasst, das ihr vorhin schon so gute Laune gemacht hat. Ihr Heimweg führt Valérie am legendären *Hotel Ritz* vorbei, eines der teuersten Luxushotels von Paris, vor dem auch heute wieder große, glänzende Limousinen ihre reichen Fahrgäste abliefern. Livrierte Pagen schieben schwer beladene, messingfarbene Kofferwagen ins Hotel, und die Portiers in ihren weißen Uniformen sind beim Aussteigen behilflich. Eine Frühlingsbrise nimmt den intensiven Parfumduft einer Dame mit Pelzmantel und drei aufgeregt durcheinandertippelnden Minihündchen auf. Der Wind trägt ihn mit sich, meterweit, Valérie hat ihn noch in der Nase, als sie längst am Hotel vorbei und in eine schmale Gasse abgebogen ist.

Hier kennt Valérie jeden Pflasterstein persönlich, und wie immer legt sie den Kopf in den Nacken und sieht beim Laufen in den schmalen Streifen Himmel hinauf, genau so lange, bis eine Fratze in ihr Blickfeld gerät. Der von Taubendreck übersäte Drachenkopf auf dem kleinen Vorsprung verrät Valérie den geheimen Zugang, sodass sie, ohne in ihrem Spaziergang innezuhalten, den nächsten Schritt einfach nach rechts setzt, statt geradeaus. Die Lücke in der Hauswand ist so groß, dass Valérie seitlich hindurchpasst und ebenso ihr Vater, weshalb auf Bauchhöhe ein paar Ziegelsteine fehlen, die dem Schlitz die Form eines Kommas verleihen. In dem kleinen Gewölbe dahinter ist es düster, doch Valérie wartet gar nicht erst, bis sich ihre Augen an die Dunkelheit gewöhnen, sondern erklimmt eine wie zufällig arrangierte Treppe aus Backsteinen, stößt mit der Hand eine Klappe auf und klettert hindurch. Nun steht sie auf einem winzigen Innenhof, fast ein Schacht, ein durch zahlreiche An- und Umbauten der Stadthäuser in den letzten Jahrhunderten unbeabsichtigt entstandener Leerraum. Von dort aus reicht eine rostige Leiter die Hauswand hinauf.

Für Valérie ist dieser ungewöhnliche Zugang zu ihrem Zuhause so normal wie für andere Kinder ein Treppenhaus oder der Aufzug. Nach drei Stockwerken enden die Sprossen und Valérie betritt einen schmalen Vorsprung, von dem aus sie mit einem kleinen Sprung auf das Nachbardach gelangt.

Dass es zwischen den beiden Gebäuden schwindelerregend in die Tiefe geht, macht Valérie keine Angst. Als sie noch ein kleines Mädchen war, durfte sie nur angeleint auf einer breiten Holzplanke hinüberbalancieren, und musste wochenlang unter Gustaves Aufsicht für »den großen Sprung« trainieren. Auch heute noch genießt sie ihn jedes Mal, weil sie den kurzen Moment von Schwerelosigkeit genießt.

Nun führen nur wenige Schritte zwischen zwei Luftschächten hindurch zu einer verborgenen Nische. Eine weitere, diesmal ziemlich abenteuerliche Leiterkonstruktion, führt von dort aus weiter aufs Dach. Meistens benutzt Valérie sie nicht, sondern klettert den kurzen Weg direkt über die Fassade. Wie eine Fliege an der Wand, sagt Gustave immer.

Es ist, wie überall auf der Welt, auch in Paris nicht üblich, dass man ungesehen auf das Dach eines Hauses gelangen kann, ohne aus einem der zahlreichen Fenster, Balkone oder Treppenhäuser dabei beobachtet zu werden. Doch weil nur Valérie von diesem magischen Kokon aus Verborgenheit umgeben ist und deshalb sowieso herumklettern kann, wo es ihr gefällt, ist es der Gewitztheit ihres Vaters zu verdanken, den vermutlich einzigen Platz in Paris gefunden zu haben, zu dem man ungesehen hinaufklettern und – was noch viel wichtiger ist –, dort völlig im Geheimen leben kann.

Als Valérie sich über die Kante stemmt, kommt ihr zwischen den kleinen Kaminen, die aussehen wie umgestülpte Tontöpfe, bereits Madame Macaron entgegen. Maunzend streicht sie Valérie um die Füße und läuft dann mit hoch erhobenem Schwanz voraus.

»Na, du hast Hunger«, schmunzelt Valérie und denkt an all die knochendünnen Straßenkatzen, die ihr jeden Tag begegnen und mit denen Madame Macaron so wenig gemein hat wie ein Apfel mit einer Banane.

Eines Tages hatte Gustave sie mitgebracht, ein winziges, zitterndes Rassekätzchen, das er einem illegalen Tierzüchter gestohlen hatte, mit flauschigem Kuschelfell und blauen Augen. Seitdem hatten die beiden nicht aufgehört, sie zu verwöhnen.

Valérie öffnet die Tür zu einem winzigen Häuschen. Gustave hat es gebaut, ihr ganz privates, kleines Schlösschen, ihre Höhle, ihr Safe. Eng an die fensterlose Nachbarhauswand geschmiegt, steht es da, zusammengeflickt aus einem wilden Sammelsurium aus verschiedenen Materialien, in den unterschiedlichsten Farben und schrägsten Winkeln. Das Häuschen hat fast zwei Zimmer, manchmal ein bisschen Strom, manchmal ein bisschen Licht und eine kleine Außentoilette mit einem echten WC und einer Solardusche, weil Gustave auch die Abwasserleitung des Haupthauses angezapft hat. Es hat eine Sicht direkt auf den Eiffelturm und dessen stündliches, glitzerndes Blinken in der Nacht ist die beste Uhr, die sich Valérie vorstellen kann. Besser sogar als alle ganz normalen Uhren, in den ganz normalen Wohnungen, in denen ganz normale Mädchen mit ihren Familien leben.

Valérie wäscht sich über der flachen Porzellanschüssel die Hände, schüttet Madame Macaron ein wenig Katzenfutter in den selbst getöpferten Lieblingsnapf und betritt durch einen bunten Trennvorhang ihr kleines Reich.

Und das ist das winzigste Mansardenzimmerchen, das man sich vorstellen kann. Höchstwahrscheinlich ist es sogar das kleinste Stübchen der Welt, das jemals jemand an die Außenwand eines Hauses angebaut hat. Gustave hat es extra konstruiert, als Valérie älter wurde und ein wenig Raum für sich ganz alleine haben sollte. Wie ein Schwalbennest klebt es also am verborgenen Dachhaus, und wenn Valérie den Flickenteppich anhebt, kann sie durch die Ritzen des Holzbodens, der übrigens auch ein geheimer Ausgang ist, aber dazu später, bis hinunter auf die Straße sehen. Was nicht ganz unpraktisch ist, denn so kann sie im wahrsten Sinne des Wortes ihren »Dreck unter den Teppich kehren« – und ruckzuck ist der Fußboden wieder krümelfrei, wenn sie mal wieder im Bett Kekse gegessen hat. Valérie legt die Umhängetasche behutsam auf die Patchworkdecke des schmalen Bettes.

»Raus mit euch«, sagt sie und schüttelt das Mäusepaar sanft hinaus. »Ihr müsst doch bestimmt mal aufs Klo …«

Edith und Piaf huschen eilig in ihr nagelneues Mäusehaus von *Chanel*. In regelmäßigen Abständen bekommen die beiden von Valérie ein neues Heim, stets aus einem Schuhkarton der vielen Pariser Luxusmarken gefertigt. »Darin fühlen wir uns nun mal wie im *Ritz*«, hat Edith ihr einmal erklärt, als Valérie wissen wollte, ob es nicht auch ein ganz normaler Cornflakes-Karton tue.

Valérie lässt einen zufriedenen Blick über ihr Zimmer gleiten. Für sie ist es besser als jedes 5-Sterne-Hotel der Stadt. Auf einem Regal stehen ihre Lieblingsbücher, die schönsten Fundstücke ihrer Streifzüge durch die Stadt, eine Vase, in der sie stets eine frische Blume oder einen Zweig steckt, ein paar Schneekugeln, Parfumflakons und eine

Sammlung aus kleinen Spiegeln in goldenen Rahmen. Es gibt einen großen, treppenförmig ausklappbaren Nähkorb, Wolle und Stricknadeln und eine Werkzeugkiste mit ihren, nun ja, Einbruchsutensilien. An einer Stange, die an zwei mächtigen Quasten von der Decke baumelt, hängen dicht gedrängt Valéries Kleider, und in zwei Körben darunter findet man ihre Schuhe und zahlreichen Kopfbedeckungen. Man kann sich in Valéries Zimmer kaum drehen und wenden, keine zwei Schritte hintereinandersetzen oder auf dem Fußboden herumlümmeln – doch das ist Valérie egal, denn träumen, nachdenken, nähen und lesen kann sie nirgendwo so gut wie in ihrem winzigen Verschlag, dreiundzwanzig Meter über dem Boulevard St. Jacques.

Gerade als sich Valérie die Schuhe von den Füßen gestreift hat, hört sie, wie ihr Vater nach Hause kommt, und huscht hinüber, um ihn zu begrüßen.

»*Ma puce*!«, ruft Gustave, mein Floh, und drückt Valérie an sich.

Dabei lässt er rasch etwas in den Regenschirm gleiten, der an der Garderobe hängt. Mit Valérie darüber zu diskutieren, ob dieser Raub sinnvoll, lohnend oder sagen wir, gerechtfertigt war, hat er jetzt überhaupt keine Lust.

»*Mon père*!«, nuschelt Valérie in seinen Pullover.

»Ich starte die Rakete«, sagt Gustave dann und nimmt die kleine, silberne Espresso-Kanne aus dem Regal, deren

Zischen und Fauchen Valérie früher an eine startende Rakete erinnert hat. Valérie holt zwei Kaffeetassen aus dem Regal. Sie trinkt Milchkaffee, seit sie denken kann. Aus der Tüte auf dem winzigen Tischchen duftet es nach frischem Brioche.

»Vom Lieferwagen gefallen?«, fragt Valérie und versucht, in den Schirm zu linsen.

»Wie immer«, bestätigt ihr Vater artig. »Sie sollten ihre Sachen wirklich besser festbinden. Und diese jungen Kerle rasen ohne Sinn und Verstand durch die Stadt und verlieren an jeder Ecke ihre Fracht …«

»Ts«, sagt Valérie und schüttelt den Kopf. »So was.«

Versonnen sieht sie ihrem Vater zu, wie er die Rakete mit Kaffeepulver und Wasser füllt und auf die einzige Herdplatte stellt. Wenn man sie ganz am Rand platziert, passt auch noch das Milchtöpfchen mit drauf.

»Geht noch«, sagt Gustave und schnuppert an der Packung.

Als der Kaffee ins Kännchen blubbert und die Milch heiß ist, gießt Gustave sich einen kleinen Schluck davon ein und gibt den Rest in Valéries Schale, während er es mit dem Espresso genau umgekehrt macht. So teilen sich die beiden schon immer Milch und Kaffee, und es fühlt sich gut an, dieses gemeinsame Ritual zu zelebrieren. Gustave öffnet die Bäckertüte und Valérie angelt nach einem Messer, um dicke Scheiben vom Brioche abzuschneiden. In der Hälfte geknickt und in den heißen Milchkaffee getunkt oder mit Butter und Marmelade bestrichen, ist dieses fluffige, süße Gebäck das absolut beste Frühstück überhaupt.

»Hmmm«, macht Valérie genüsslich und beobachtet Madame Macaron, die mit einem Satz auf die winzige Kommode gesprungen ist. Elegant streift sie am Kerzenständer vorbei, um aufs Fensterbrett zu gelangen. In diesem Moment landet gurrend eine Taube auf dem Dach und Madame Macaron erschreckt sich so sehr, dass sie einen Buckel und einen Puschelschwanz macht und erschrocken hinunterspringt. Dadurch hat sie die Kommode zum Wackeln gebracht und das Bild mit dem verzierten Rahmen, das darauf steht, fällt um.

Valérie und Gustave springen auf.

»Ich mach schon«, sagt Valérie, reibt mit ihrem Ärmel über das Glas und stellt es wieder an die richtige Stelle zurück.

»Noch mal und du fliegst raus, Katze«, sagt Gustave im Scherz.

Valérie grinst und tunkt eine frische Scheibe in den Kaffee.

Ihr Blick ruht auf dem Bild. Genau genommen ist es ein Foto. Mit einem Farbstich und nicht besonders scharf. Und dennoch ist dieses Foto der größte Schatz, den sie und Gustave besitzen, denn es zeigt ihre Mutter Claire. Gustave hat das Foto geschossen. Im Moment der Aufnahme hat er seiner Frau etwas zugerufen, denn sie ist im Schwung, dreht sich nach ihm um, ihre Haare fliegen und auf ihrem Gesicht liegt ein freies, großartiges, mutiges Lachen – Valérie kann es fast hören. Gustave sagt immer, wenn er das Foto betrachtet, weiß er ganz genau, wie Valérie später einmal aussehen werde, so sehr ähneln die beiden sich.

»Erzählst du's mir noch mal?«, fragt Valérie und sieht ihren Vater an. Nach den beiden beunruhigenden Vorfällen ist jetzt genau der richtige Zeitpunkt, um die Geschichte ihrer Familie zu hören. Auf eine unbestimmte Art hat Valérie das Gefühl, dass vielleicht das Geschehene damit zusammenhängen könnte. Möglicherweise nicht der miese, kleine Dieb beim Eiffelturm, aber vielleicht die Gestalt in der Métro?

Valérie schaudert, als Gustave nickt.

Dann versinkt er eine Weile in Schweigen.

Er hat seiner Tochter versprochen, ihr die Geschichte immer und immer wieder zu erzählen, so oft oder so wenig oft wie sie sie hören möchte. Diese Geschichte ist das Einzige, was er ihr über ihre Mutter berichten kann, und das wird er tun. So, wie andere Kinder, wenn sie klein sind, das immergleiche Bilderbuch vorgelesen bekommen wollen, bis es jeder im Haus auswendig kann, wird auch Gustave die

Geschichte ihrer Vergangenheit wiederholen, solange Valérie das braucht. Doch wie jedes Mal, wenn sie ihn darum bittet, überkommt ihn ein ungutes Gefühl. Dann schleicht sich die Furcht in seine Gedanken und wird immer lauter. Was, wenn Valérie in Gefahr gerät? Was, wenn er sie doch nicht beschützen kann?

Kapitel 3

Gustave seufzt. Dann beginnt er zu erzählen …

»Nur einen Schritt neben deiner Welt …«, sagt er und Valérie stützt den Kopf in die Hände. Madame Macaron springt auf ihren Schoß und beginnt zu schnurren. »Nur einen Schritt neben deiner Welt«, wiederholt Gustave, »gibt es eine andere. Sie gleicht in nichts der, die du kennst. Nicht mal die Farben sind dort so bunt wie hier. Es ist keine bessere Welt. Sie ist nicht schöner oder gerechter. Im Gegenteil. Aber sie ist da. Menschen, die von einer in die andere …«, Gustave macht eine kurze Pause, »… gewechselt sind, behalten es für sich, teilen dieses Geheimnis mit niemandem. Denn das ist ihre Lebensversicherung. Diese andere Welt ist kein zweiter Planet, das darf man nicht denken! Man muss sie sich vorstellen wie einen geheimen Ort, von dem nur sehr wenige wissen. Man wird hier oder dort geboren, das kann man nicht beeinflussen. Wird man dort geboren, gibt es kein Entkommen. Deine Mutter und ich«, über Gustaves Gesicht huscht ein Lächeln, »wussten aber schon immer, dass wir einen Weg finden würden, unser Kind niemals dem *IVM* zu überlassen. Denn das *Institut Voleurs magique*, das Magische Institut der Diebe, fordert alle Kinder ein, die mit ›der Gabe‹ geboren werden. Sie dürfen nicht bei ihren Eltern aufwachsen und zu normalen Mitgliedern der Gilde erzogen werden, sondern werden zum Eigentum des *IVM*. Diese Kinder werden zu Meisterdieben ausgebildet und das ist die höchste Auszeichnung, die man erlangen kann. Aber zu welchem Preis? Gleichzeitig sind sie nämlich auch Sklaven von …«, Gustaves Gesichtszüge versteinern und prompt bekommt Valérie eine Gänsehaut, wie jedes Mal an dieser Stelle, »Raoul Rabraqueur, dem König der Diebe«, stößt Gustave hervor. »Gnadenlos, gefühllos und grausam.«

Rasch nimmt Valérie einen Schluck heißen Kaffee gegen das Frösteln.

»Claire und ich mussten uns Zeit verschaffen«, fährt Gustave fort. »Als wir feststellten, dass deine Mutter schwanger war, hat sie nur noch sehr weite Kleidung getragen, damit andere nicht abschätzen konnten, wie die Schwangerschaft voranschritt. Beim Register trugen wir einen späteren Geburtstermin ein, vier Wochen, mehr konnten wir nicht schummeln, und beteten, dass du dich an unseren Plan halten würdest. Denn bereits zwei Wochen vor dem dort angegebenen Termin wird man von Rabraqueurs Männern überwacht. Dem Test darf kein Neugeborenes entgehen.«

»Welchem Test?«, fragt Valérie wie üblich an dieser Stelle.

»Wenige Tage nach der Geburt muss man sein Kind zum *Test du Tige*, dem Stangenhängen, bringen. Wie du weißt, haben Neugeborene einen angeborenen Greifreflex, wenn sie an eine schmale Stange oder ein Seil gehoben werden, legen sie ihre winzigen Fingerchen darum und können eine ganze Weile dort baumeln, sie tragen ihr eigenes Körpergewicht, diese Würmchen, das ist tatsächlich erstaunlich. Doch die Babys mit ›Der großen Gabe‹ strecken schon vorher ihre Ärmchen aus und ballen die Fäustchen, kaum hat man sie hochgehoben und in die Nähe der Stange gebracht. Sie hängen, ohne zu hängen, sie wissen, welche Bewegung in der nächsten Sekunde von ihnen gefordert wird. Wenn ein Kind so reagiert, wird es den Eltern sofort abgenommen und man sieht es nie wieder. Zum *Test du Tige* muss aus diesem Grund auch ein Koffer mitgebracht werden, der alles Nötige enthält, Kleidung, eine Decke, Windeln … Es ist ein grauenhaftes, unmenschliches Ritual, besonders für die Mütter, denen das Baby von der Brust gerissen wird. Doch Rabraqueur zahlt gut, die Entlohnung ist sehr hoch und lässt den Trennungsschmerz irgendwann vergessen. Doch, so ist es«, bestätigt Gustave als Valérie ungläubig den Kopf schüttelt. »Wer dem König der Diebe dient – und man hat keine Wahl, es ist eine andere Welt, vergiss das nicht –, steht unter seinem Schutz und hat ein sicheres Auskommen. Es ist nicht das schlechteste Los. Und kaum jemand rechnet tatsächlich damit, ein Kind mit ›Der großen Gabe‹ zu bekommen, die Wahrscheinlichkeit ist nämlich sehr gering. Unter Rabraqueur, und selbst mehrere Generationen vor ihm, ist noch keines geboren worden. Deshalb wiegen die meisten Eltern sich in Sicherheit. Doch dann kamst du …« Gustave streichelt seiner Tochter über die Hand. »Glaub mir«, sagt er flehentlich, »auch Claire und ich waren Rabraqueurs Gesetzen unterworfen, aber wir haben uns von Anfang an geschworen, ihm niemals unser Kind zu überlassen. Deine Mutter hat dich alleine zur Welt gebracht, nur ich war bei ihr, im Keller unseres kleinen Häuschens, damit niemand sie hört. Nach ein paar Tagen haben wir den Test mit dir gemacht … Ja, alle Eltern machen natürlich den Test vorher selbst, aber es heißt, dass die Kinder erst im Beisein von Rabraqueur ihr wahres Talent zeigen … So kann man vorab nie wirklich ganz sicher sein. Nun, du hast es uns schon vorher gezeigt.« Gustave steigen Tränen in die Augen. »Mein kleiner Floh, du hingst wie an einer unsichtbaren Stange, stark, viele, viele Sekunden, kaum hatten wir überhaupt den Plan gefasst, dich an die Kleiderstange zu heben. Danach bist du eingeschlafen und deine Mutter ist schluchzend in meinen Armen zusammengebrochen.«

Valérie schluckt. Sie hasst diesen Teil der Geschichte. Sie fühlt sich so schuldig. Ihre arme Maman!

»Hey«, sagt Gustave aufmunternd. »Kopf hoch. Wir hatten doch einen Plan für genau diesen Fall. Und dass zwei so coole Leute wie deine Maman und ich ein Meisterkind kriegen, war ja wohl eh klar!«

Valérie kichert und Gustave zwinkert ihr zu. Doch dann wird er wieder ernst. »Also weiter. Noch in derselben Nacht sind wir geflüchtet. Jeder von uns trug ein Ki-, äh, einen Koffer, ich hatte dich fest in einem Tragetuch um den Bauch geschlungen, deine Mutter war ja noch ein wenig schwach.« Gustave räuspert sich, dann spricht er mit leiser Stimme weiter. »Wir hätten es fast geschafft ... Doch man hat uns verraten. Tja, Diebe fängt man mit Dieben, heißt es doch. Als ich einmal mit dir unterwegs war, um etwas Essbares zu organisieren, während sich deine Maman ausruhte, haben Rabraqueurs Häscher sie geschnappt. Glücklicherweise ist es ihr gelungen, das vereinbarte Warnzeichen zu hinterlassen, so wusste ich sofort, dass ich auf keinen Fall zum Unterschlupf zurückkommen durfte. Ein Schleuser hat dich und mich dann in Sicherheit gebracht. Und so hat es mich hierher gespült, mich, einen mittelmäßigen Dieb mit nichts als ein paar Habseligkeiten, zwei neunmalklugen Mäusen und einem wunderhübschen Baby.« Gustave lacht auf. »Ich werde niemals den Blick der Kassiererin vergessen, als ich haufenweise Windeln, Milchpulver, Strampelanzüge, Schnuller und Fläschchen aufs Band stapelte, Edith mir heimlich Ratschläge ins Ohr flüsterte und du währenddessen den ganzen Laden zusammengebrüllt hast. Ich war mir sicher, sie würde die Polizei rufen, weil sie annahm, ich hätte dich entführt. Siehst du, kaum will man als Dieb mal ganz normal seine Einkäufe bezahlen …«

»… ist es auch wieder nicht recht«, ergänzt Valérie.

Dann schweigen sie.

»Wer weiß«, sagt Gustave nach einer Weile, »vielleicht ist auch diese Welt hier«, er zeigt mit dem Kaffeebecher in Richtung Fenster, »für manche die schlechtere, in die sie niemals zurückwollen.«

»Glaub ich nicht«, sagt Valérie wie jedes Mal. »Ich find's toll hier.«

»Du warst heute Nacht nähen, *n'est-ce pas?*«, fragt Gustave und hofft, seine Tochter mit diesem Thema ablenken zu können.

»Weiter«, sagt Valérie statt einer Antwort.

»*Bon*«, Gustave seufzt. »Den Schluss kennst du, denn DU bist der Schluss. Mit dir geht die Geschichte zu Ende. Du bist in Sicherheit. Du bist unsichtbar in dieser Stadt. Du bist nirgends registriert, eingetragen, gemeldet oder verzeichnet. Du bist das schönste und klügste Mädchen, das ich kenne, und du wirst deinen Weg machen. Eines Tages wirst du bestimmt mal … eine Schriftstellerin, das kann man auch im Verborgenen tun.« Gustave nickt zufrieden. Er ist jedes Mal froh, wenn ihm ein weiterer Beruf einfällt, bei dem seine Tochter auch weiterhin so gut wie unsichtbar bleibt und in Sicherheit ist. »Bloß eine Diebin wirst du NIEMALS.«

Valérie nickt und schüttelt gleichzeitig den Kopf, so überzeugend sie kann und wundert sich, wie schon etliche Male zuvor, dass Gustave ihr wirklich glaubt. Oder glauben *will*, denkt Valérie mit einem Hauch schlechten Gewissens. Denn wie war das noch gleich? Sie sollte eigentlich eine Meisterdiebin werden? Schon beim ersten Mal, als sie die Bedeutung des Wortes mit fünf oder sechs Jahren wirklich verstanden hat, klang die Vorstellung verführerisch. Und Diebe zu bestehlen, um die Beute zurückzugeben, ist ja schließlich auch gar kein richtiges Klauen, sondern geradezu redlich. Eine gute Tat! Valérie will ihrem Vater gerade etwas Spaßiges erwidern, da schießt ihr plötzlich ein furchtbarer Gedanke durch den Kopf: »Papa?«, fragt Valérie und richtet sich auf. Protestierend springt Madame Macaron auf den Boden. Valérie spürt ihr Herz pochen. Das dumpfe Gefühl in der Brust erinnert sie an die Begegnung in der Métro. Könnte es nicht vielleicht doch sein, dass sie zum ersten Mal jemandem vom *IVM* begegnet ist? War das endlich der Beweis, nach dem sie unbewusst die ganze Zeit suchte? Sicherlich hat der König der Diebe seine Mitglieder in ganz Frankreich verteilt, es war nur eine Frage der Zeit, wann sie einem begegnen würde, oder nicht?

Valérie sieht ihren Vater an und entscheidet sich blitzschnell um. Nein, sie will ihm wegen des Typen aus der Métro keine Angst machen. Papa sorgt sich sowieso schon die ganze Zeit um sie. Egal jetzt, der Mann hat einfach in die Gegend gestiert und sie hat es auf sich bezogen. Dabei ist ihr zufällig ein wenig schwummrig geworden, schließlich hatte sie den ganzen Morgen noch nichts gegessen und war die halbe Nacht – okay, die ganze Nacht –, an der Nähmaschine gesessen. Alles andere würde ihren Vater viel zu sehr beunruhigen.

»Ach nix, Papa, vergiss es«, sagt sie und muss praktischerweise gähnen. »*Alors*, ich bin irgendwie müde. Ich hau mich mal ein bisschen auf's Ohr«

»Warte«, Gustave steht auf und holt etwas aus seinem Rucksack. »Hier, haben sie aussortiert …« Er reicht seiner Tochter ein nagelneues Taschenbuch. Das Cover ist rosa und voller Herzchen. »Ich habe mich extra beraten lassen, die Buchhändlerin meinte, das sei genau das richtige für junge Mädchen.«

Valérie grinst. »Und dann hat sie es aussortiert?«

»Richtig«, sagt Gustave. »Gibt in Paris ja nicht so viele junge Mädchen.«

Valérie bedankt sich und legt das Buch zu ihrer Tasche. Auf dem Lesezeichen steht die Adresse der Buchhandlung, sie wird es nachher zurückbringen.

»Oder vielleicht les ich's auch vorher«, murmelt sie. »Jetzt, wo ich's schon mal hier habe.«

Sie streift die Schuhe von den Füßen und knotet sie an den Bändern zusammen. Dann öffnet sie das Fenster, hängt sie an den Auslüftungshaken und kriecht müde ins Bett, vorsichtig und ganz behutsam, um Madame Macaron nicht zu wecken, die es sich auf der schmalen Pritsche gemütlich gemacht hat.

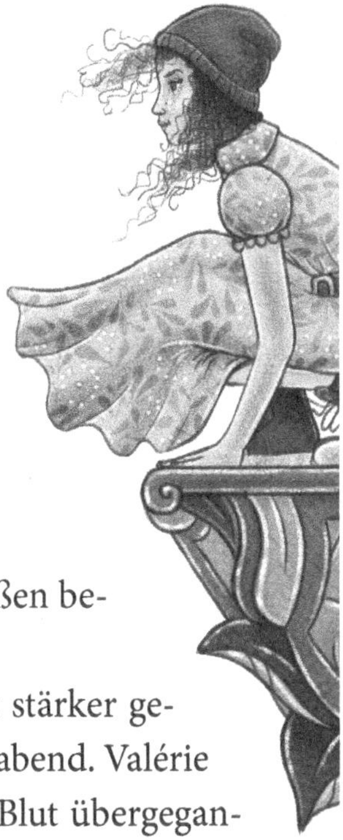

Kapitel 4

Als Valérie aufwacht, dämmert es draußen bereits.

Der Verkehr unten auf der Straße ist stärker geworden, die Pariser streben in den Feierabend. Valérie ist die Großstadtmelodie schon so ins Blut übergegangen, dass sie anhand des Lärmpegels sogar recht präzise die Uhrzeit bestimmen kann. Doch die passt ihr gerade gar nicht.

»*Zut alors*«, schimpft sie und schwingt die Beine aus dem Bett. »Verpennt. Den halben Tag!« Sie hebt den Deckel vom Mäusehaus und nimmt Edith und Piaf heraus. »Papa?«, ruft sie.

Doch er ist nicht zu Hause. Auf dem Tischchen steht eine Dose Chili und daneben liegt eine große, prächtige Orange.

Valérie grinst und lässt die Mäuse auf den Tisch krabbeln.

»Papas Vorstellung von gesunder, ausgewogener Ernährung«, erklärt sie ihnen.

Valérie stellt die geöffnete Dose auf die Herdplatte und

schält die Orange. Als das Chili köchelt, wickelt sie sich in eine dicke Jacke, trägt beides hinaus und lässt sich in den rostigen Gartenstuhl fallen, der verborgen zwischen zwei Kaminen auf sie wartet. Wie üblich ächzen die alten Federn und der poröse Stoff der Sitzfläche reißt weiter auf.

»Lang machst du's nicht mehr, alter Freund«, sagt Valérie. »Ich muss dich dringend neu bespannen.« In Gedanken schreibt sie eine Notiz, beim nächsten Besuch im Nähatelier einen dicht gewebten Baumwollstoff zu … leihen. »Perfekte Wärmflasche«, sagt sie und legt für eine Weile die Hände um die heiße Konservendose.

Während Valérie das Chili löffelt, gesellen sich auch Madame Macaron und die Mäuse zu ihr. Schweigend lassen sie ihre Blicke über die Dächer schweifen. Keinem von ihnen wird es jemals langweilig werden, der Stadt bei ihrem Wechsel vom Tag zur Nacht zuzusehen. Doch erst als das funkelnde Lichtermeer sich ausgebreitet hat, bemerkt Valérie, wie kalt es geworden ist und ebenso, dass ihre tierischen Mitbewohner längst wieder ins Warme geflüchtet sind. Es ist wie in einem Traum, in dem sie sich befindet, wenn Paris sie wieder einmal vollständig in seinen Bann gezogen hat. Und gerade als Valérie sich aus dem protestierenden Gartenstuhl erhebt, beginnt der Eiffelturm zu glitzern, zwanzigtausend Lämpchen funkeln nun jede volle Stunde für fünf Minuten um die Wette und feiern das berühmte Pariser Wahrzeichen. Valérie kann ihren Blick nicht abwenden und geht erst hinein, als die Lichter wieder erloschen sind.

Doch sosehr sie auch versucht sich abzulenken, sie schafft es einfach nicht, zur Ruhe zu kommen. Viel zu lang hat sie heute Nachmittag geschlafen, um jetzt schon wieder müde zu sein, und viel zu aufreibend ist der Wirrwarr in ihrem Kopf.

»Maman«, sagt Valérie zu dem Foto ihrer Mutter, »ich geh klettern.«

Sie schlüpft in ein Paar extra weiche Sneakers und stopft ihre Mähne unter eine graue Strickmütze. Weil es in den Häuserschluchten oft ganz heftig zieht, greift sie auch noch nach einem Schal und verknotet ihn dicht am Hals, um damit nicht an Kanten oder Vorsprüngen hängen zu bleiben.

»*Bonne nuit*, meine Süßen«, flüstert sie und stülpt den Deckel über den Karton, in dem Edith und Piaf eng aneinandergekuschelt in seligen Mäuseträumen schlummern.

»Schön alles bewachen«, ermahnt sie Madame Macaron und hängt sich das kleine Täschchen mit Magnesiapulver um.

Vor dem Foto hält Valérie kurz inne. »Ja, Maman, ich bin warm genug angezogen, ja, ich passe auf mich auf, ja, ich komme gesund wieder und ja, ich setze jeden Schritt mit Bedacht.« Wenn Gustave nicht da ist, unterhält sich Valérie oft mit ihrer Mutter, doch davon weiß ihr Vater nichts. »Bis später«, sagt sie und huscht hinaus.

Beim Fassaden-Klettern bewegt sich Valérie fast wie ein normaler Fußgänger, nur eben mehrere Meter weiter oben. Sie sucht sich in der Ferne ein Ziel und stapft einfach los. Geradeaus. Bis zum Ende des Dachs. Und wenn das nächste Haus zu weit weg ist, um hinüberzuspringen, lässt sie sich mit den Füßen zuerst über die Kante gleiten, klettert am Haus hinab und auf der anderen Straßenseite wieder hinauf. Sie springt von Balkon zu Balkon, balanciert auf Simsen, an die Wand gedrückt und mit angehaltenem Atem, bis wieder eine breite Kante, ein Geländer oder eine Feuerleiter erreicht ist. Sähe man also vom Gehweg nach oben, aus einem unbestimmten Gefühl heraus, ähnlich dem, welches man verspürt, wenn man sich beobachtet fühlt, könnte man Valérie durchaus entdecken. Denn so geschickt und lautlos sie sich auch bewegt, ihr Kleid flattert unbeeindruckt fröhlich im Wind, egal wie waghalsig die Tour gerade ist, egal wie scheinbar unmöglich der nächste Schritt oder die nächste Etappe. Doch keine Sorge, der magische Schild sorgt dafür, dass von dem Anblick, der einem das Blut in den Adern gefrieren lässt und das Bedürfnis weckt, sofort die Feuerwehr oder Polizei zu alarmieren, bloß ein kurzes, verwirrtes Gefühl zurückbleibt.

Valérie springt schwer atmend auf einen winzigen, handtuchbreiten Balkon. Inzwischen hat sie sich so ausgepowert, dass Valérie sich mit dem Ärmel über die verschwitzte Stirn wischen muss.

»Das war geil«, sagt sie mit Nachdruck.

Zu Hause ist dieses Wort verboten, weil Gustave in einem seiner zahlreichen Elternratgeber für alleinerziehende Väter gelesen hat, man solle gemeinsam eine No-go-Liste anlegen, an die sich beide halten müssen. Als Gustave bei den No-go-Worten angekommen war, hatte er sich für dieses entschieden. Valérie hatte »Rosenkohl« und »Kleines, kugeliges Gemüse« ausgewählt, weil sie annahm, so käme es automatisch auch nie wieder auf den Teller. Erstaunlicherweise klappte diese Übereinkunft ganz gut.

»Sehr geil sogar«, bekräftigt Valérie, rafft ihren Rock und schwingt das Bein über die Brüstung.

Als sie mit dem Fuß nach einem Sims angelt, sieht sie eine Frau in den Hinterhof treten, die aufgebracht in ihr Handy spricht und davoneilt.

»Oh-oh«, sagt Valérie. »Ich schätze mal: Beziehungskrise.«

Mit einem Sprung landet sie im Hof und läuft zum Ausgang. Als Valérie aus der kurzen Unterführung auf den Gehweg hinaustritt, erleuchten eine Reihe altmodischer Straßenlampen eine hübsche Straße mit kleinen Läden, Galerien und Restaurants. Trotz der kühlen Temperaturen sitzen draußen die Gäste unter Heizpilzen, Kerzen flackern und Lachen schwebt die Straße entlang.

»Hübsches Quartier«, sagt Valérie erfreut und da entdeckt sie auch die telefonierende Frau wieder.

Sie ist vor dem Schaufenster einer kleinen Galerie stehen geblieben und schimpft nun mit ausholenden Gesten ins Handy. Valérie bleibt unschlüssig stehen, um zu überlegen, welchen Heimweg sie nehmen soll. Als sie die verschiedenen Möglichkeiten gerade abwägt, sieht sie, wie jemand an die Galerie heranschlendert und sich, mit einem höflichen Abstand zu der Frau, interessiert Richtung Schaufenster beugt, als wolle er die darin ausgestellte Kunst betrachten.

»Sehr interessant, ich glaub dir kein Wort!«, murmelt Valérie und geht hinter einer Gruppe von Rauchern in Deckung, die plaudernd vor einer Bar stehen.

Valérie verschränkt die Arme und rollt mit den Augen.

»Also entweder bist du ein blutiger Anfänger, der das Anpirschen übt, oder einfach nur ein übler Taschendieb, der der Frau gleich ihre Handtasche von der Schulter reißen wird«, redet Valérie vor sich hin. Ihr Jagdinstinkt ist so oder so geweckt.

Sie muss unbedingt näher ran, aber vor der Galerie sind kaum Menschen unterwegs, die ihr ein wenig Deckung geben könnten. Denn seltsame Schutzaura hin oder her, Valérie ist schließlich nicht komplett unsichtbar und sie möchte den Typ auf keinen Fall aufscheuchen oder sonst wie beunruhigen, wo sie jetzt schon die Witterung aufgenommen hat. Dazu macht das Zurückstehlen zu viel Spaß!

Inzwischen ist der kunstinteressierte Schaufensterbummler dazu übergegangen, sich in einen Stadtplan zu vertiefen, dazu hat er sich sogar auf der Kante des Fensterbretts niedergelassen. Die Frau am Telefon kehrt ihm nach wie vor den Rücken zu, ihre Schutzinstinkte scheinen nicht zu funktionieren, so beschäftigt ist sie mit dem Gespräch.

Valérie überlegt. Da fällt ihr ein Mülleimer auf, nur wenige Meter vor der Galerie. Sie bückt sich nach einer achtlos weggeworfenen Zigarettenschachtel und geht los. Als sie beim Abfallbehälter angekommen ist, hört sie die Frau weinen.

»Auch das noch«, murmelt Valérie und wirft die Schachtel hinein.

Ihre Sinne sind jetzt glasklar und konzentriert. Es gibt nur noch das Dreieck aus Opfer, Dieb und Jägerin. Und das Wissen, dass der richtige Zeitpunkt für den Überfall unmittelbar bevorsteht. Valérie lässt den Dieb nicht aus den Augen und nimmt jede seiner Bewegungen in sich auf, sie *wird* zu ihm. Es ist, als könne sie die harte, kalte Kante des Simses in den Handflächen spüren, an dem sich der Dieb nun mit beiden Händen abstützt, um aufzustehen.

Die Frau wird von Schluchzern geschüttelt und Valérie

weiß, dass der Dieb nur darauf wartet, bis sie weinend und schniefend in ihrer Hand- oder Jackentasche nach einem Papiertaschentuch sucht, fahrig und umständlich, weil das Gesicht nass von Tränen ist, die Nase läuft, das Handy nicht hinunterfallen darf, der Blick verschwommen ist und die Gefühle im Katastrophenzustand sind.

Vor Valéries Auge läuft die kommende Szene in allen Einzelheiten ab. Wenn der Dieb schlau ist, wartet er, bis die Frau ihre Handtasche öffnet, und reicht ihr im selben Moment ein Päckchen Taschentücher hinüber. Die Frau wird sie überrumpelt annehmen und erst zu Hause bemerken, dass der Geldbeutel fehlt …

Um was wetten wir? Valérie grinst, das Päckchen Taschentücher, das der Mann jetzt in der Hand hält, ist nicht zu übersehen.

»Okay …« Valéries Herzschlag erhöht sich. Ihr Körper befindet sich im wohlbekannten Alarmmodus. Wie eine Wissenschaftlerin beobachtet sie die Szene. Da, etwas im Verhalten der Frau hat sich verändert. Sie scheint sich zunehmend unwohl zu fühlen, tupft sich mit dem Ärmel an die Nase. Ja. Jetzt!

»Dann wollen wir mal«, flüstert Valérie und läuft die wenigen Schritte zum Schaufenster der Galerie hinüber, wo die Frau bereits den Reißverschluss der Umhängetasche öffnet.

»Es wird bestimmt alles wieder gut«, hört Valérie den Mann freundlich sagen und sieht, wie die Frau überrascht nach den Taschentüchern greift und ihm sogar noch einen Moment verdutzt hinterherblickt, bevor sie ein Papiertuch aus der Packung zupft, sich auf die Fensterbank setzt und das Gespräch wieder aufnimmt.

Was ihr nicht auffällt, ist das Mädchen in dem hübschen Blümchenkleid, das den hilfsbereiten Mann nach ein paar Schritten eingeholt hat.

Mit einem leichten Rempler und einem gemurmelten »*Excusez-moi*« geht es an ihm vorbei und bleibt nur wenige Meter später wie angewurzelt stehen. Suchend dreht sich das Mädchen zu dem Mann um. Doch der ist verschwunden.

»*Merde alors*, ich hab's vermasselt!«, entfährt es Valérie lauter als beabsichtigt.

Hektisch sieht Valérie sich um. Das kann ja wohl nicht wahr sein! Es ist ihr nicht gelungen, den Geldbeutel zurückzuklauen! Er war nicht in seiner Manteltasche! Und nun ist der Dieb ebenfalls verschwunden – mit dem Diebesgut!

Valérie schleudert aufgebrachte Röntgenblicke um sich, aber sie kann den Dieb nirgends entdecken.

»Er kann sich doch nicht in Luft aufgelöst haben!«, schimpft Valérie fassungslos. Sie ist so sauer, dass sie mit dem Fuß aufstampft wie ein Kleinkind. »Verdammt, verdammt, verdammt.«

Valérie lehnt sich an eine Hauswand und schließt für einen Moment die Augen.

So was. Ist. Ihr. Noch. NIE!!! Passiert.

Valérie ist so wütend auf sich, dass sie am liebsten losheulen würde. Wie ferngesteuert läuft sie los. Jetzt nur nach Hause. Mit düsterer Miene streicht sie sich genervt die Haare aus dem Gesicht. Als sie die störenden Strähnen unter die Mütze stecken will, bemerkt sie, dass sie gar keine mehr aufhat.

»Verloren, meine Lieblingsmütze, auch das noch …« Valérie rollt eine Träne über die Wange.

»Mau«, macht Madame Macaron zärtlich und schnuppert vorsichtig über die Dachkante, als sie hört, dass Valérie im Anmarsch ist.

»Na, hast du auf mich gewartet?«, schnieft Valérie und gräbt ihr Gesicht in das flauschige Fell.

Dann setzt sie die Katze wieder ab und läuft übers Dach. An den abgestellten Schuhen vor der Tür kann Valérie erkennen, dass Gustave bereits zu Hause ist, und als sie die Türklinke hinuntergedrückt hat, kann sie ihren Vater schnarchen hören.

»Ich bin wieder da«, flüstert sie leise und ruckelt ihn sanft an der Schulter, so wie sie sich das einander versprochen haben.

»Hramm-gut«, schnorchelt Gustave, öffnet kurz ein Auge für den Kontrollblick und schläft anschließend wieder ein.

Valérie wäscht sich die Hände und cremt sie sorgfältig ein, tritt sich die Schuhe von den Füßen und schlüpft aus dem Riemen des Beutelchens.

»Seid ihr noch wach?«, flüstert sie und legt das Ohr an den Karton.

»*Bien sûr*, na klar«, ruft Edith und reckt ihr Schnäuzchen unter dem Deckel hervor.

»Wir müssen reden«, sagt Valérie und Edith nickt.

»Hab ich eh schon gespürt«, sagt sie und krabbelt aus dem Karton. »Piaf, mein Schatz, nun mach schon«, ruft sie ihrem Mann zu. Dann warten die beiden geduldig auf dem Kopfkissen, bis sich Valérie aus den Klamotten geschält und in ein Handtuch gewickelt hat. Sie hält den Mäusen die Hand hin und huscht an ihrem Vater vorbei.

»Duschen«, teilt sie ihm mit, weil er zwar schläft wie ein Bär, aber immer den kleinsten Laut seines Kindes wahrnimmt.

»Humpf«, macht er und Valérie schleicht aufs Dach hinaus.

»Kalt, kalt, kalt«, wispert sie und setzt die Mäuse in einen Kräutertopf. Prüfend legt Valérie die Hand auf den großen, schwarzen Plastiksack, in dem sich das Wasser den ganzen Tag dank der Sonnenhitze erwärmt. »Okay, noch warm«, bibbert Valérie, wirft das Handtuch über den Sichtschutz und dreht die Dusche auf.

In Windeseile seift sie Haare und Körper ein, denn die wenigen Liter warmes Wasser sind im Nu hinausgerauscht. Für die letzten Reste Shampoo braucht sie auch diesmal noch zusätzlich den Schlauch mit dem eiskalten Wasser. Sie dreht die Haare in einen Turban und knotet das Badetuch um sich.

»Na ja, geredet haben wir jetzt nicht gerade viel«, beschwert sich Piaf. »Da hätte ich auch weiterschlafen können. Und Majoran mag ich auch nicht.«

»Pst«, schimpft Edith, »sie brauchte uns einfach in ihrer Nähe.«

»Sorry, stimmt, ihr habt beide recht«, sagt Valérie. »Treffpunkt mein Bett, wer zuerst da ist«, ruft sie und die Mäuse wuseln ins Haus zurück.

»Und du?«, fragt Valérie Madame Macaron, die auf leisen Pfoten herangekommen ist und ihren Blick nun unschlüssig in die Ferne richtet. »Guckst du noch ein bisschen Paris bei Nacht?« Valérie streichelt der Katze über den Kopf, niest und geht dann rasch hinein.

In ihrem Zimmer holt sie eine Tafel Schokolade aus dem Geheimvorrat, zündet eine Kerze an und kuschelt sich ins Bett.

»Also, es ist was passiert«, sagt sie, reicht den Mäusen ein

Stück Schokolade und macht eine dramatische Pause. »Ich konnte etwas nicht zurückklauen.« Valéries Augen füllen sich mit Tränen. »Und heute Morgen bin ich selbst bestohlen worden.«

Die Mäuse sehen sich erschrocken an. Dann tappen sie bis zu Valéries Schulter hinauf und schmiegen sich an ihre Wangen.

»Tsa, tsa, tsa, tsa, tsa«, murmelt Edith beruhigend und streichelt Valérie mit der Pfote übers Gesicht.

»Wer wird denn da weinen«, sagt Piaf und wischt hektisch eine Träne weg.

»Ich wein doch gar nicht«, protestiert Valérie, zieht die Nase hoch und mümmelt an der Schokolade. »Ich hab alles gemacht wie sonst auch immer. Ich war direkt hinter ihm. Ich *wusste*, in welcher Hand er die Börse hält, ich hab es *gesehen* und ich *wusste*, wo er sie hinstecken würde. Aber als ich an ihm vorbeiging, war die Tasche leer! Mantel, Hose, nix. Beide Seiten! Keine Geheimtaschen, keine Gürteltasche, alles gecheckt. Und dabei war ich so schnell wie nie. Quasi Ultraschall. Nee. Überschall. Und der Typ vom Eiffelturm suchte nach seinem Hund, haha, und klaut mir den Geldbeutel, den ich Vincent gerade abgenommen hatte!«

Die Mäuse nicken verständnisvoll.

»Und als ich ihn dann verfolgen wollte, war er verschwunden. Der von eben auch. Als wäre er nie da gewesen.

Zack! Weg, einfach so!« Valérie schnaubt. Diese Mischung aus Wut und Scham und Versagen und Ärger und Keine-ahnungwasnochalles fühlt sich wirklich fies an.

»Das ist so peinlich!«, sagt Valérie. »Der hat mich voll verarscht. Der von eben, der, der, der …«, stottert sie, »der … wusste, dass ich ihm die Beute abnehmen will. Der wusste das!«

»Armes Mäuschen«, wispert Edith und Piaf patscht mit seinen Pfötchen auf Valéries Wange herum.

»Schatzelein, das war bestimmt nur Zufall«, sagt er beruhigend und seine Frau nickt.

»Und kann es nicht sein, dass du in der Dunkelheit den falschen Dieb verfolgt hast?«, schlägt Edith vor.

Valérie schüttelt die Turbanmähne. »Niemals. Ich war mit meiner Nase ja fast dran an dem kleinen …« Valérie hält inne. »Der war total klein, fällt mir jetzt auf«, sagt sie erstaunt.

»Nun ja«, meint Piaf, »es gibt ja kleine und große Leute, dicke und dünne, schlaue und …«

Edith schnalzt ärgerlich mit der Zunge. »Pscht, nun lass sie doch mal den Gedanken verfolgen …«

»Hmmm …«, fährt Valérie fort, »also größer als ich war er schon, aber eigentlich auch nicht … Jetzt wo ich so darüber nachdenke, erinnere ich mich daran, dass ich tatsächlich dachte, komisch, du heftest dich grad gar nicht an seine Fersen, sondern an ultrahohe Absätze. So Plateau-Dinger.«

»Red weiter, *Chérie*.«

»Weiter weiß ich nichts, bloß, dass es ein kleiner Mann war. Mit Businessmantel. Und Hut. Elegant irgendwie. Aber die Schuhe haben nicht gepasst.«

»Aha!«, ruft Edith. »Siehst du, das hat mir schon meine Mutter beigebracht: Achte bei einem Mann immer zuerst auf die Schuhe. Daran kann man allerlei erkennen. Gut gemacht, Kindchen.«

Valérie muss lachen, als sie sieht, wie Piaf auf seine Pfoten zeigt. »Aber ich habe noch nie Schuhe –«

Edith rollt mit den Augen. »Das ist ja auch mehr eine Menschen-Regel. Jedenfalls, erzähl weiter.«

Valérie verkriecht sich tiefer in die Decke. Dabei rutscht ihr das Handtuch vom Kopf.

»Du wirst dich erkälten«, schimpft Edith. »Immer dieses Mit-nassen-Haaren-ins-Bett-Gegehe. Kann dein Vater nicht mal nützliche Sachen mitgehen lassen? Einen Föhn zum Beispiel?«

Valérie lacht. Dann angelt sie nach einem Kissen und legt es sich auf den Kopf.

»Besser?«, fragt sie, und als Edith nickt, fährt sie fort: »Was mir noch einfällt: Er war schnell. So … flink irgendwie. Ich dachte mir schon, dass so 'n Geschäftsmann zügig laufen wird, darauf hab ich mich eingestellt, aber er ging … mehr so wie ich.«

»Er ist gehopst?«, fragt Piaf verblüfft.

»Nee, ich weiß auch nicht«, erwidert sie. »Anders. Nicht wie ein Erwachsener. Mehr wie ein …«

»Kind?«, rufen die Mäuse. Ihre Schnurrhaare zittern vor Aufregung. Das wäre ja jetzt wirklich mal was Neues!

Valérie schüttelt so heftig den Kopf, dass das Kissen hinunterfällt und die Mäuse in Deckung gehen.

»Das war knapp«, beschwert sich Piaf.

Doch Valérie sitzt wie erstarrt da. Eilig nimmt das Mäusepaar wieder auf ihren Knien Platz.

»Sag doch was«, wispert Edith.

»Ihr meint also, der Dieb war ein Junge?«, stößt Valérie hervor.

Die Mäuse heben beschwichtigend die Pfoten. »Pfff, nein, also, wir …«, plappern sie drauflos.

»Es war ein Junge«, redet Valérie weiter. »Mwwwrrraaa!«, knurrt sie so leise wie möglich, um Gustave nicht zu wecken. »Dein Ernst, Valérie d'Escamot? Das gibt's doch nicht«, schimpft sie und schlägt mit der Faust auf die Bettdecke. »Ich schaffe es nicht, einem *Jungen* die Beute abzunehmen? Woah.« Valérie dreht sich schwungvoll auf die Seite und wieder müssen die Mäuse hinabspringen. Der Holzboden des Verschlages ächzt.

»Nicht so hastig, sonst landest du unten auf der Straße«, mahnt Edith, doch Valérie zischt nur unwirsch.

Plötzlich richtet sie sich auf und starrt die Mäuse an.

»Bitte lass das nicht wahr sein«, flüstert sie. »Der Typ vom Eiffelturm! Der war auch klein! Also eh schon, weil er so gebückt lief und seinen Fantasiehund suchte, aber auch so halt«, haspelt sie sich durch den Satz. »Versteht ihr? War das vielleicht derselbe?«

»Nö, nein, ach, i wo«, beruhigen sie die Mäuse und werfen einander hilflose Blicke zu.

»Nicht zu fassen, Gute Nacht, ich bin jetzt sauer«, grummelt Valérie und zieht sich die Decke bis zu den Ohren.

»Ach Kindchen«, murmelt Edith und gibt ihr einen zarten Mäusekuss auf die Nasenspitze, während Piaf die Kerze auspustet.

»Komm, mein Alter, wir gehen auch schlafen«, sagt sie und reicht Piaf eine Pfote. »Valérie ist nun mal immer die Beste und hatte nie Konkurrenz, verstehst du? Ganz neue Situation für die Kleine. Da sind jetzt total viele unterschiedliche Gefühle in ihr. Wut, Zorn, Trotz, Enttäuschung, Scham, Neid.«

»Morgen hat sie die ganze Sache längst vergessen«, winkt Piaf ab, doch seine Frau schüttelt den Kopf.

»*Mais non*, mein Guter, ich habe da eine ganz komische Vorahnung. Da muss sie durch …«, erwidert Edith.

»Ich kann euch hören«, murmelt Valérie dumpf unter der Decke hervor.

»Das war der Plan«, flüstert Edith ihrem Mann ins Ohr und dann klettern die beiden unter den Deckel ihrer Luxusschuhschachtel und kuscheln sich ins Nest.

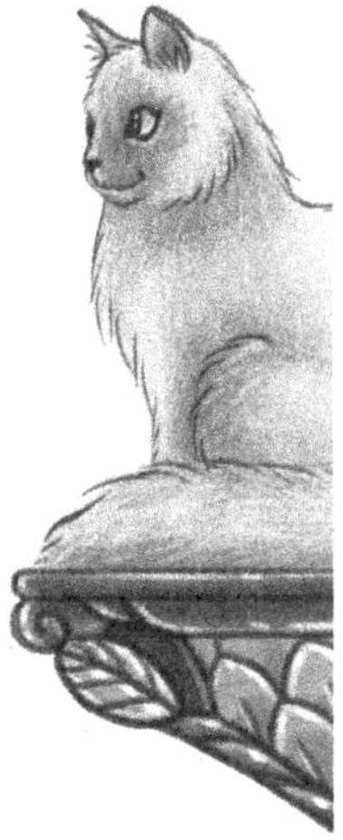

Kapitel 5

Am nächsten Morgen wird Valérie von einem Sonnenstrahl geweckt, der wie ein Scheinwerfer durch das Sternenguckloch direkt in ihr Gesicht leuchtet.

»Mann«, mault Valérie und versucht, der Helligkeit zu entkommen. Dabei fällt das Kopfkissen zu Boden und trifft beinahe Madame Macaron, die auf dem Flickenteppich schläft.

»Boah«, murmelt Valérie und schlägt die Decke zurück.

Rasch zieht Edith ihren Mann, der gerade aus dem Karton krabbeln wollte, am Mauseschwanz wieder ins Nest zurück.

»Siehst du, ich hab's dir ja gesagt. Donnerstimmung.«

Valérie wurschtelt ihre Haare zu einem Knoten zusammen. Hinter dem Vorhang ertönt leises Geklapper.

»*Bonjour*«, nuschelt Valérie und stellt verwundert fest, dass Gustave dabei ist, mit einem großen Becher Kaffee wieder ins Bett zu kriechen. Hinter seinem Ohr steckt ein Bleistift und auf der Bettdecke sind bunte Werbeflyer verteilt.

»Musst du nicht arbeiten?«, fragt Valérie und gähnt.

»Das tue ich gerade, *Chérie*«, antwortet ihr Vater, während er auf den Knien einen Bauplan glatt streicht.

»Ich will nichts davon wissen«, sagt Valérie, füllt Müsli in ein Schälchen und kippt Milch dazu. »Uäh, jetzt hab ich die heiße Milch für mein Müsli genommen«, schimpft sie, als sie ihr Missgeschick bemerkt und schnüffelt misstrauisch an der ungewöhnlichen Mischung.

»In England nennen sie das Porridge«, murmelt Gustave und angelt nach seiner Lesebrille.

»Hmpf«, macht Valérie und geht in ihr Zimmer zurück.

Dort vertieft sie sich in das neue Buch und schaufelt die warme Müslimatsche in sich hinein, die erstaunlich gut schmeckt. Als sie irgendwann aufsteht, um auf die Außentoilette zu gehen, ist das Klappbett verstaut, die Unterlagen verschwunden und Gustave wohl »bei der Arbeit«. Sie kann sich gar nicht mehr dran erinnern, wann er sich verabschiedet hat. Als Valérie wieder reinkommt, gießt sie sich ein Glas Wasser ein, gibt etwas Himbeersirup dazu und verkriecht sich wieder ins Bett. Wer hätte gedacht, dass das Herzchen-Buch so gut dabei hilft, das unangenehme Gefühl in ihrem Bauch in Schach zu halten, das sich dort seit gestern gemütlich gemacht hat. Schnell blättert Valérie um und liest weiter. Als sie die Hälfte des Buches geschafft hat, springt sie regelrecht aus dem Bett, sodass die Bodendielen ächzen.

»Frische Luft?«, fragt Edith und rüttelt ihren Mann wach. Valérie nickt, holt die Turnschuhe herein, entscheidet sich für ein Kleid, schlüpft in die Strickjacke und öffnet die Ledertasche für die Mäuse.

»Wir gehen spazieren«, sagt Valérie. »Ich muss nachdenken.«

Am Abend hievt sich Valérie über die Dachkante und stellt vorsichtig das Töpfchen mit Basilikum ab, das sie von einem Marktstand hat mitgehen lassen. Einhändig zu klettern ist gar nicht so ohne. Valérie schüttelt ihre Arme aus und bleibt eine Weile auf dem Rücken liegen. Das flache Ziegeldach ist von der Sonne noch warm und Valérie genießt das wohlige Gefühl der Entspannung. So lange, bis Madame Macaron sich auf ihren Bauch setzt und sie vorwurfsvoll anstarrt.

Valérie versorgt die Katze, gibt den Mäusen Futter und schlüpft in einen von Gustaves alten Pyjamas, so wie sie das schon als kleines Mädchen gemacht hat, um ihrem Vater nah zu sein, wenn er zur Schlafenszeit noch nicht zu Hause war. Sie stellt einen Topf mit Wasser auf den Herd und kramt in dem winzigen Küchenschränkchen nach den Nudeln. Ihr Magen knurrt und ihr ist flau vor Hunger. Sie hat den ganzen Tag nichts anderes gegessen als zwei gemopste Bananen.

»Ja, ich weiß, Maman, ich muss mehr essen«, beginnt sie eine Unterhaltung mit dem Foto ihrer Mutter und sucht weiter. »Und regelmäßiger. Guck, ein Glas Tomatensoße. Und …«, Valérie gießt einen Schluck Wasser in den Blumentopf, »ich habe sogar ans Basilikum gedacht.« Valérie lächelt, als erwarte sie tatsächlich ein Lob ihrer Mutter, doch Maman scheint nicht in der Stimmung für Plaudereien zu sein. Valérie runzelt die Stirn, gibt die Nudeln ins sprudelnde Wasser und zieht an der Kordel der Stehlampe. Nein, nichts zu machen, der Strom reicht mal wieder nicht für Licht und Herd.

»Dunkel hier. Liegt dir sonst noch was auf dem Herzen?«, fragt Edith und wuselt unter dem Vorhang hindurch. Sie hat eine Art siebten Sinn für Unregelmäßigkeiten in Valéries Befinden.

»Ich weiß nicht …«, antwortet Valérie.

Sie schaltet die Platte etwas runter, holt ein Streichholzbriefchen aus der Schublade und beginnt die Kerzen des kleinen, siebenarmigen Leuchters anzuzünden. Schon bei der dritten Kerze ist es hell genug, um zu erkennen, warum sie ein komisches Gefühl gehabt hat: das Bild ihrer Maman ist verschwunden.

»*Oh, là, là*«, seufzt Valérie ahnungsvoll.

Es ist immer ein Zeichen, wenn der Rahmen leer ist. Denn das heißt, dass Gustave eine Extra-Portion Glück benötigt – und zwar dringend. In einem solchen Fall ist er nämlich nicht wegen einer seiner üblichen Gaunereien unterwegs, sondern auf einer besonderen Mission. Und das kann Valérie überhaupt nicht leiden, viel zu groß ist die Gefahr, dass die Sache schiefgeht und ihr Vater erwischt wird. Das ist glücklicherweise zwar noch nie vorgekommen, aber es war oft sehr knapp und Gustave ist wirklich nicht der geduldigste und langfristigste Planer aller Zeiten. Seine Coups sind meistens mit mehr Glück als Verstand holterdiepolter durchgeführte Spontanaktionen.

Valérie gießt die Nudeln ab und erhitzt im gleichen Topf die Soße. Nachdenklich rührt sie darin herum.

»Dabei hätte ich es mir denken können«, erklärt sie Edith, »diese vielen Zettel und Pläne heute Morgen. Aber ich war so, so … na ja, abgelenkt … von dem Buch. Darin ging's die ganze Zeit nur darum, ob er nun in sie verknallt ist oder nicht und sie in ihn oder nicht oder vielleicht doch in einen anderen. Einfach schön, um nicht über die eigenen Probleme nachdenken zu müssen …«

»Dein Topf spritzt Lava«, wird sie von Piaf unterbrochen, der auf der Suche nach seiner Frau nun ebenfalls in den Küchenwohnschlafhauptraum gekommen ist.

»Oh nein!«, quietscht Valérie und zerrt den Topf mit der explodierenden Pastasoße von der Platte. Hätte sie doch nur besser aufgepasst, gerade eben und auch heute Morgen. Es ist überhaupt nicht nötig, dass Gustave irgendein großes Ding dreht und sie beide damit in Gefahr bringt. Seit sie weiß, dass alles, was über die üblichen Taschenspielertricks und Gaunereien hinausgeht, nur von offiziellen *IVM*-Dieben durchgeführt werden darf, kann sie noch viel weniger verstehen, warum Gustave dieses Risiko eingeht. Um unterhalb des Radars von Rabraqueur zu bleiben, sollte man so wenig auffallen wie möglich. Kleine Diebstähle, um über die Runden zu kommen und fertig. Dass es sich bei Gustave um einen ziemlich lausigen Dieb handelt, ist also eigentlich die beste Tarnung überhaupt.

Valérie spürt einen Stich im Bauch. Als sie noch jünger war, zählte das Warten auf ihren Vater, wenn das Bild verschwunden war, zu den wenigen qualvollen Momenten ihrer Kindheit, an die sie sich erinnern kann.

»Das ist alles meine Schuld«, schimpft Valérie und knallt einen Teller auf den Tisch. »Ich muss doch auf Papa aufpassen! Wollt ihr auch 'ne Nudel?« Sie fischt zwei aus dem Sieb, pustet einmal darauf und legt sie vor den Mäusen auf den Tisch.

»Nee«, sagt Edith bestimmt und Piaf will gerade protestieren, als seine Frau weiterredet. »Nee«, wiederholt sie. »Du bist hier das Kind. Dein Vater muss auf *dich* aufpassen. Und auf sich. Du kannst für gar nichts irgendwas.« Edith stemmt die Pfoten in die Seite. »Das wäre ja noch schöner!«

Valérie salutiert.

»*Oui, Madame*«, sagt sie und zupft ein paar Basilikumblätter von der Pflanze. »Ihr auch?«, fragt sie und Piaf nickt mit vollen Wangen.

»Tschwei«, nuschelt er und Edith klopft ihm augenrollend auf sein Bäuchlein.

Valérie klappt den Campingstuhl auf und beginnt, die Pasta in sich hineinzuschaufeln. Erst als sich ihr Magen ein wenig gefüllt hat, nimmt der bange Knoten der Angst darin ab.

»Ich bin müde«, stellt Valérie nach dem Essen fest und gähnt. Sie räumt das Geschirr weg, verstaut Tisch und Stuhl und zieht Gustaves Bett aus.

»Heute schlafe ich hier«, erklärt sie den Mäusen und Madame Macaron, »dann krieg ich direkt mit, wenn Papa wieder da ist.« Valérie pustet die Kerzen aus, nimmt die Taschenlampe vom Haken und huscht nach draußen. Sie erwischt eine volle Stunde und tanzt zähneputzend im Licht des glitzernden Eiffelturms übers Dach.

»Mach keine Dummheiten, Papa!«, ruft sie in die Dunkelheit.

Doch erst nachdem Valérie in den frühen Morgenstunden von ihrem Vater behutsam in ihr eigenes Bett geführt wird, fällt sie in einen tiefen, traumlosen Schlaf.

Dafür fällt das Erwachen am nächsten Morgen umso brutaler aus.

Während Gustave noch schnarchend in seinen Klamotten auf dem Bett liegt, ganz in Schwarz, von der über die Stirn hochgeschobenen Gesichtsmaske bis zu den Socken, scheint draußen die Hölle losgebrochen zu sein. Sind das Polizeisirenen? Ja, sie nähern sich, der Ton schwillt kontinuierlich an, fast könnte man meinen, sie halten genau vor ihrem Haus!

Valérie schreckt aus dem Schlaf hoch. Ihr Herz klopft zum Zerspringen. Da, schon wieder kommt ein Wagen der Gendarmerie näher. Sie rasen den Boulevard St. Jacques entlang. Valérie beugt sich aus dem Bett und löst vorsichtig ein Brett aus dem Boden. Tatsächlich, die blauen Lichter verharren blinkend genau unter ihr! Jetzt ist auch noch ein Übertragungswagen von *France 2 – Nachrichten* dazugekommen.

Valérie wird eiskalt.

Sie haben Papa also doch erwischt, denkt Valérie panisch. Ihr entfährt ein Wimmern. Doch gerade als sie überlegt, ob sie nach ihrem Vater rufen soll, ertönt von der Straße ungeduldiges Hupen und aufgebrachtes Rufen. Nur Sekunden später rasen die Polizeiwagen weiter und der Sirenenton wird leiser. Ihr Ziel, wo sie nach wenigen Augenblicken endgültig anhalten, muss ganz in der Nähe sein.

»*Mon Dieu*!« Valérie stößt langsam den angehaltenen Atem aus. Sie zittert am ganzen Körper. Mit flatternden

Fingern fügt sie das Brett zurück in den Boden, während die Mäuse in die Tasche ihres Pyjamaoberteils springen.

»Atmen, ganz tief atmen«, befiehlt Edith. »Wie beim Yoga.«

»Du machst Yoga?«, fragt Piaf verdutzt, doch da ist Valérie schon aufgesprungen.

»Papa!«, ruft sie und rüttelt ihren Vater an der Schulter. »Papa, aufwachen!«

»*A plus, ma puce*«, murmelt Gustave und dreht sich auf die andere Seite.

Valérie beginnt, ihren Vater mit spitzem Zeigefinger in die Seite zu piken. Immer wieder, pik, pik, egal wie sehr sich Gustave windet.

»Was tust du denn da?«, fragt er und reibt sich die Augen. »Heute ist mein freier Tag.«

»Da draußen ist überall die Gendarmerie!«, ruft Valérie außer sich. »Ich hab mich zu Tode erschreckt, ich dachte, die kommen wegen dir!«

»Ah, *Chérie*«, Gustave räuspert sich und setzt sich auf. »Weißt du denn nicht, dass dein kleiner, dicker Papa der beste –«

Valérie legt einen Finger auf die Lippen. »Pst«, flüstert sie, »hör doch mal …«

Gustave wiegt den Kopf, als ein weiteres Polizeifahrzeug den Boulevard entlangrast.

»Na ja …« Er zieht sich die Gesichtsmaske vom Kopf und kratzt sich. »Diese Mistdinger jucken, ich kann dir sagen, man müsste sie mal in einem anderen Material –«

»Papa!« Valérie verschränkt die Arme. »Jetzt erzähl. Sind die wegen dir unterwegs? Polizei und Fernsehen? So nah an unserem zu Hause?«

»Fernsehen?«, fragt Gustave und klingt fast ein wenig stolz. Dann schüttelt er den Kopf. »*Mais non*, mein Floh, doch nicht wegen mir. Wegen dem da vielleicht.« Er deutet in Richtung des kleinen Tischchens und gähnt. »Kann ich jetzt weiterschlafen?«

Valérie seufzt und starrt das Diebesgut an. Irgendwas Längliches in Zeitungspapier eingerollt. Dabei zwirbelt sie nervös mit den Fingern an einer Haarsträhne.

»Papa«, sagt sie nach einer Weile. »Sag, dass das keine Leinwand ist, die du aus einem Rahmen rausgeschnitten hast, ja?«

Sie sieht ihn fragend an. Kunstraub würde nämlich durchaus das Polizeiaufgebot erklären.

»Ach, wo denkst du hin?!«, winkt Gustave ab. »Würde ich doch nie tun.«

»Gut.« Valérie dreht das Radio an, ein altmodischer Apparat mit langer, ausziehbarer Antenne. »Mal hören, was in den Nachrichten kommt …«

Gustave grinst. »Alles halb so wild«, beruhigt er sie. »Hat

doch wunderbar geklappt, und jetzt kannst du zum Geburtstag auch endlich … ups, nichts verraten.«

Valérie wackelt an der Antenne und dreht am Sendersuchlauf. »Pscht, ich hab was …«

»… bei milden zwanzig Grad«, sagt der Sprecher. »Die nächsten Nachrichten wieder zur vollen Stunde hier bei *France Inter*. Alle aktuellen Stau- und Gefahrenmeldungen hat jetzt …«

»Dann geh ich wohl mal lieber Fernsehen gucken«, verkündet Valérie und läuft raus.

»Pyjama!«, ruft Gustave ihr hinterher und Valérie kommt augenrollend zurück, um sich anzuziehen.

Kapitel 6

Valérie entscheidet sich für den Elektroladen, dort gibt es mindestens zehn Bildschirme im Schaufenster und es laufen immer mehrere Kanäle gleichzeitig. Sie nimmt den Schleichweg über zwei Hausdächer und ist nach nicht mal zehn Minuten angekommen. Mit tief in die Stirn gezogener Kappe tritt sie ans Schaufenster, wo schon ein paar weitere neugierige Passanten stehen geblieben sind. Auf allen Bildschirmen laufen Live-Berichterstattungen über den aktuellen Polizeieinsatz.

Als Valéries Verstand das komplette Ausmaß der Katastrophe begriffen hat, wird ihr für einen kurzen Moment schwindlig.

»Das ist nicht wahr!«, flüstert Valérie entsetzt.

Ihre Augen huschen zwischen den Bildschirmen hin und her, bis sie einen gefunden hat, der mit Untertiteln versehen ist. Der Ton ist hier draußen auf der Straße so gut wie nicht zu hören und vielleicht hat sie ja auch etwas falsch interpretiert … Valérie liest die Laufschrift immer wieder durch und vergleicht die Informationen mit den Bildern. Nein, kein Zweifel, Gustave ist ein ganz großer Coup gelungen und Valérie ist sich sicher, dass ihrem Vater das gar nicht bewusst ist.

Noch vor der Eröffnung eines neuen Museums, so hat Valérie nach einer Weile die Informationsschnipsel zusammengefügt, dem *Musée pour les Aventuriers et Trésors Disparus*, ist darin eingebrochen worden. Es handelt sich dabei um ein Museum über Abenteurer und verschwundene Schätze, in dem man anhand von Dokumentationen und nachgestellten Szenen alles über Schatzsucher, Weltenbummler und andere Draufgänger erfahren kann. Nun ist es ihrem Vater offensichtlich gelungen, eine einzigartige und ultrakostbare Schatzkarte daraus zu entwenden.

Bei diesem Exponat scheint es sich um das kostbarste Stück und Mittelpunkt der Sammlung zu handeln. Und nun fragen sich alle – Museumsdirektor, Polizei und Sicherheitsdienst –, wie das nur geschehen konnte. Die Reporter unterstellen der »hochprofessionellen Kunsträuberbande Insiderwissen, monatelange Planung und dezidierte Gebäudekenntnisse«, ohne die der spektakulärste Kunstraub der letzten Jahrzehnte bestimmt nicht möglich gewesen wäre …

Und jetzt liegt sie daheim auf unserem Küchentisch, denkt Valérie und muss beinahe lachen, als sie an Gustaves lausige Vorbereitungen mithilfe von ein paar Werbeflyern denkt. Als sie nach Hause zurückgeht, meldet sich sogar ein herzspitzenkitzeliger Hauch von Stolz, denn schließlich ist es ihr Papa – ihr kleiner, runder Papa –, der alle an der Nase herumgeführt hat! Lachend rennt Valérie das letzte Stück heim. Jetzt wird sie ihn erst mal gründlich ausfragen und hinterher ist immer noch Zeit, ihn auszuschimpfen.

»Du bist eine Bande mit Insiderwissen«, berichtet sie wenig später. »Und du hast das Objekt monatelang ausgespäht und –«

»Also das stimmt ja schon«, protestiert Gustave. »Gestern, weißt du nicht mehr …?«

»Es ist quasi so, Papa«, sagt Valérie, »als ob du die ›Mona Lisa‹ gestohlen hättest.«

»Donnerwetter«, sagt Gustave. »Tatsächlich? Dabei lagen da ganz viele von den Dingern rum. Ich habe mir einfach eine gegriffen und bin wieder raus. Ein so unterirdisch schlecht bewachtes Museum habe ich noch nie erlebt. Da hätte ein Kindergartenkind einbrechen können. Sie müssen es im Fernsehen ja jetzt so spektakulär aufbauschen und tun, als seien die englischen Kronjuwelen gestohlen worden. Ehrlich, da waren keine Tresore, kein Laser, kein Nix.« Gustave feixt. »Sie können ja schlecht berichten: Der Dieb latschte einfach ins Parkhaus und gelangte durch einen ungesicherten Notausgang ins Gebäude. Dort benutzte er den Lastenaufzug, um vom Keller in den Ausstellungsraum zu gelangen, wobei er zuvor zwei Liter Mineralwasser in den maroden Sicherungskasten geschüttet und so die Elektrik außer Kraft gesetzt hat. Er schnappte sich im Vorbeigehen eine der zahllosen Karten, die in Kartons herumstanden wie Geschenkpapierrollen, um anschließend aus dem Fenster der Rollstuhlfahrer-Toilette zu verschwinden.« Als Gustave Valéries ungläubigen Blick sieht, bricht er in Lachen aus. »Was kann ich denn dafür, dass es so einfach war?!«, ruft er entschuldigend. »Ich werde sehen, was ich dafür rausschlagen kann und dann schenke ich dir ein himmelblaues Fahrrad mit einem weißen Korb mit rosa Blumen dran. Och, guck nicht so, jetzt weißt du's zwar schon, aber ist doch auch egal. Freust du dich?« Strahlend drückt Gustave seine Tochter an sich. »Und vom Rest lasse ich uns zwei Pässe machen. Gefälschte Dokumente sind zwar schweineteuer, aber ich schätze, wir können es uns dann leisten. Und damit machen wir eine Reise. Wir fliegen mit dem Flugzeug. Vielleicht in die Schweizer Berge? Zum Klettern? So richtig in der Natur und an echten Felsen? Also, du kletterst und ich esse Käsefondue und streichle Kühe.«

Valérie prustet los. »Mann, Papa!«, sagt sie dann ernst. »Wir sitzen wirklich in der Tinte. Du predigst doch immer: bloß nicht auffallen. Und jetzt bist du im Fernsehen.

Im ganzen Land. Und wahrscheinlich auch ruckzuck in der ganzen Welt!«

»Ach papperlapapp, eine hochprofessionelle Bande, doch nicht dein Papa.« Gustave reibt sich den Bauch. »Frühstück?«

»Du weißt genau, dass ich recht habe«, schimpft Valérie und steckt das zusammengerollte Diebesgut mit spitzen Fingern tief in die Falten des Schirms.

»Was hätte Maman wohl dazu gesagt?«, fragt sie vorwurfsvoll und zeigt auf den Bilderrahmen. Doch der ist immer noch leer. »Och, Papa!«, schimpft Valérie. »Du weißt doch, dass ich es nicht leiden kann, wenn du das Foto nicht wieder zurücktust.« Dieser Morgen ist wirklich zum Haareraufen, und Papa scheint überhaupt nichts ernst zu nehmen.

»Du hast recht«, Gustave erhebt sich und geht zur Tür. »Tut mir leid, *ma Chérie*«, sagt er zerknirscht, »in meiner Jackentasche rechts. Bin gleich wieder da, dann mach ich uns Kaffee.«

Valérie schnaubt. Sie ist dermaßen schlecht gelaunt. Und bei Mamans Foto versteht sie wirklich keinen Spaß.

Sie findet Gustaves Jacke vor dem Bett und greift in die Taschen. Rechts, links, Brusttasche. Nichts. Valérie beginnt wieder von vorn. Dann breitet sie die Jacke auf dem Bett aus, um in der Innentasche nachzusehen. Valérie tastet den

Futterstoff ab. Wieder nichts. Sie hebt die Jacke erneut an, schüttelt sie kräftig aus, und knetet den Stoff mit der Hand durch. Nein, kein Widerstand zu spüren.

Wütend schleudert Valérie die Jacke zurück auf den Boden. Das Foto ihrer Mutter ist verschwunden.

»Papa!«, kreischt Valérie und stürzt nach draußen, wo sie mitten in den Gesuchten hineinprallt.

»Uff, was ist denn los?«, fragt Gustave und hält Valérie mit beiden Händen an den Schultern fest.

»Du hast das Foto verloren!«, kreischt Valérie und Tränen schießen ihr in die Augen. Sie windet sich aus Gustaves Griff. »Wie kannst du nur Mamans Foto verlieren?«, schluchzt sie und Gustave drängt sie eilig ins Häuschen zurück.

»Pscht«, macht er. »Pscht, nicht so laut.«

»Ich bin so laut, wie ich will!«, brüllt Valérie außer sich, während Gustave hastig seine Hemd- und Hosentaschen abtastet. Dann schüttet er den Inhalt seines Rucksacks auf den Boden und kontrolliert trotzdem noch mal seine Jacke. Er guckt sogar in der Gesichtsmaske nach und wirft einen Blick in seine Schuhe, als ob sich das Foto darin versteckt haben könnte.

»*Sacrément*, verflucht«, entfährt es ihm. Entsetzt lässt er sich aufs Bett plumpsen und sieht seine Tochter betroffen an, die mit rotem Gesicht und zusammengekniffenen Lippen am Tisch sitzt. »Aber im Museum hatte ich's noch«, verteidigt er sich schwach.

»Du schussliger, dummer Kerl«, bekommt Valérie jetzt Schützenhilfe von Edith. Die beiden Mäuse haben sich grollend vor Gustave aufgebaut. »Du unachtsamer, dussliger Mensch«, schimpft Edith weiter. »Du trotteliger, brummsdubeliger –«

»Ist schon gut«, murmelt Valérie schniefend.

»Ist *nicht* gut!«, protestiert Edith. »Jemand muss es ihm schließlich sagen, du kannst es ja schlecht.«

Über Valéries Gesicht huscht ein Lächeln. »Stimmt«, sagt sie.

»Und ich hab's verdient«, gibt Gustave zu. »Ich bin ein solch rummsbrummeliger –«

»Brummsdubeliger«, verbessert Piaf. »Mindestens.«

»Eben«, sagt Gustave. »Und jetzt?«

»Müssen wir einfach mal abwarten«, schwindelt Valérie.

Dabei ist abwarten das Letzte, was Valérie jetzt vorhat. Dass das Foto vielleicht noch im Museum liegen könnte oder ebenso längst von der Polizei entdeckt worden ist, macht Valérie richtiggehend Bauchschmerzen. Sie traut sich gar nicht erst über die Folgen nachzudenken. Aber ihrem Vater wird sie von diesen Gedanken nichts erzählen. Und auch nicht von dem Plan, der in ihrem Kopf immer klarere Gestalt annimmt …

»Hauptsache, du gehst jetzt mal eine Weile nicht vor die Tür. Wer weiß, ob nicht eine Überwachungskamera im Museum funktioniert hat, auf der man dich erkennt«, redet sie weiter.

Gustave nickt. »Okay, du hast recht«, sagt er und zieht Valérie in eine Umarmung. »Es tut mir leid, hörst du, aber wir kriegen das wieder hin.«

»Bestimmt«, nuschelt Valérie an seiner Brust. »Du, Papa, welchen Rückweg hast du genommen?«

»Den blauen«, antwortet Gustave. Sie haben ihre geheimen Zugänge zum verborgenen Dachhaus mit Farbcodes versehen, und Valérie nickt.

»Gut, ich muss dann mal los, die … äh … Ausleihfrist der Bücher läuft heute ab und –«

»Du *leihst* dir Bücher aus der Bibliothek aus? Kind, was hab ich dir denn beigebracht?«, scherzt Gustave und Valérie wirft ihm einen strengen Blick zu.

»Ich bin immer noch sauer, Papa.«

»*Pardon*«, erwidert Gustave und gibt Valérie einen Zehneuroschein. »Hier, damit du dir was zum Essen *kaufen* kannst«, sagt er.

Edith trippelt hastig Valéries Arm hinauf. »Hast du vor, was ich denke, das du vorhast?«, wispert sie und Valérie nickt.

»Es gibt einfach keine andere Möglichkeit, als zu versuchen, das Foto selbst wieder aufzutreiben«, flüstert sie. »Ich hab doch nur dieses eine von Maman. Mir ist das wichtig. Und ich muss die Karte zurückbringen«, erklärt sie. »Damit Gras über die Sache wächst. Das Ganze ist 'ne Nummer zu groß für Gustave. Er lockt noch …« Valérie schluckt und wieder kommt ihr die Begegnung in der U-Bahn in den Sinn, »… Rabraqueur auf unsere Fährte.«

»Ich weiß, mein Liebling«, antwortet Edith.

Als Valérie wenig später aufbricht, um den Weg abzusuchen und das Museum auszukundschaften, steht Gustave noch eine ganze Weile da und beobachtet seine Tochter dabei, wie sie von Haus zu Haus springt und auf die blaue Route abbiegt. Dann setzt er sich an den winzigen Küchentisch, legt das Gesicht in die Hände und beginnt zu weinen. Still setzt sich Madame Macaron vor ihn und lässt ihn nicht aus den Augen.

»Lieber Himmel, lass das Foto wieder auftauchen«, stößt Gustave zwischen den Fingern hervor und Madame Macaron verengt die Pupillen. Besser wär's, scheint sie zu sagen.

Valérie flucht den ganzen Abstieg lang, denn eigentlich wollte sie heute Nacht in der Schule in der Rue Chastaigne vorbeischauen, um sich einen Schwung neuer Schulbücher zu besorgen. Stattdessen wird sie das kostbarste Stück Papier in ganz Paris direkt in die Höhle des Löwen zurückbringen müssen. Und, was noch viel wichtiger ist, hoffentlich das Foto finden. Sie selbst will es unbedingt zurückhaben, aber natürlich darf es auch der Polizei nicht in die Hände fallen, die mit weiß der Kuckuck welcher Technik Fingerabdrücke darauf sicherstellen können, die dann doch irgendwie zu Gustave führen …

Valérie balanciert missmutig ein Sims entlang. Im Moment ist alles ziemlich unübersichtlich, außerdem knurrt ihr Magen. Eine ungute Kombination. Valérie springt von einem Absatz auf die Mülltonnen und wechselt die Straßenseite.

Ganz in der Nähe des neuen Museums gibt es eine kleine Boulangerie und Valérie investiert das Geld in eine große Tüte mit Croissants, Pains au Chocolat Madeleines und Eclairs.

Kauend mischt sie sich anschließend unter die Schaulustigen vor dem Museum, wo die Spurensicherung hinter den Absperrungen immer noch beschäftigt ist, den Einbruch zu rekonstruieren. Doch während andere, wenn überhaupt, nur ein Mädchen im Sommerkleid mit Bäckertüte wahrnehmen, bespitzelt Valérie das Gebäude. Ein ums andere Mal umrundet sie den Block, merkt sich Eingänge, Ausgänge, Fenster, Geländer, Nischen und Vorsprünge. Sie prägt sich Höhen, Abstände, Kameras und Lichtquellen ein und geht im Geiste alles wieder und wieder durch. Erst als sie ganz sicher sein kann, dass ihr Plan, heute Nacht ins Gebäude einzubrechen, funktionieren wird, reicht sie den Mäusen das letzte Stück Croissant, knautscht die Tüte zusammen und wäscht ihre klebrigen Finger im kühlen Wasser des kleinen Zierbrunnens vor dem abgesperrten Foyer.

Doch als Valérie sich erneut auf der blauen Route befindet, wo sie auch auf dem Rückweg noch mal gründlich nach dem dort möglicherweise verlorenen Foto Ausschau hält, entgeht ihr eines: Dass sie selbst zum Ziel einer Spionage geworden ist.

Jemand hat sich an ihre Fersen geheftet und Valérie merkt nicht das Geringste davon, so beschäftigt ist sie, die Folgen von Gustaves unbeabsichtigt spektakulären Einbruchs wieder geradezubiegen.

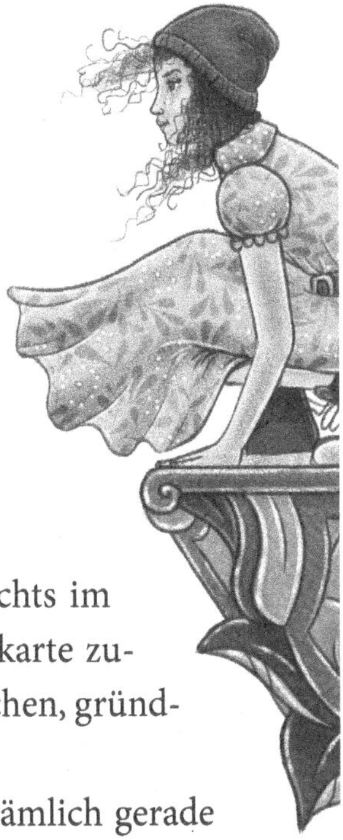

Kapitel 7

Doch dann werden Valéries Pläne, nachts im Museum einzubrechen, um die Schatzkarte zurückzugeben und nach dem Foto zu suchen, gründlich durchkreuzt.

Wieder zu Hause schafft Valérie es nämlich gerade noch, sich halbwegs auszuziehen, bevor sie sich stöhnend ins Bett fallen lässt. Sogar die Mäuse müssen sich ausnahmsweise allein aus ihrer Tasche ins Freie kämpfen.

»Was ist passiert?«, fragt Gustave und quetscht sich in die kleine Kammer, wo er seiner Tochter besorgt eine Hand auf die Stirn legt.

»Kopfschmerzen«, stöhnt Valérie. Stocksteif und blass liegt sie im Bett. »Aua, das dröhnt so«, wimmert sie. »Immer in Wellen, ahhh …« Valérie kneift die Augen zusammen. »Mach was, Papa, das kann ich nicht aushalten.«

»*Mon Dieu*!« Gustave drückt Valérie den abgewetzten Stoffelefanten in den Arm, den sie als kleines Kind überallhin mitgenommen hat. »Ich bin gleich wieder da.«

Valérie rollt sich stöhnend auf die Seite und presst ihr Gesicht in das Kuscheltier, während Gustave eilig einen Waschlappen mit kaltem Wasser anfeuchtet.

»Schön auf die Stirn legen ...« Gustave gibt Valérie das nasse Stück Stoff in die Hand. »Ich bin gleich wieder da«, sagt er und verschwindet erneut hinter dem Vorhang. Aus einem Schränkchen zieht er einen Schuhkarton mit Tabletten und Salben hervor. »Welche waren das jetzt noch gleich?«, murmelt Gustave und legt die Stirn in Falten.

Hilfreich hüpft Edith herbei und wuselt lesend durch die Packungen. »Die hier«, sagt sie und tippt auf eine Schachtel.

»Das hat sie von Claire«, flüstert Gustave düster und drückt eine Tablette heraus. »Wisst ihr noch? Diese schlimmen Anfälle?« Er senkt seine Stimme noch weiter. »Sie hat dann auch komische Sachen gesehen«, wispert er. »Und sich erbrochen.«

»Migräne. Mit Aura«, diagnostiziert Edith fachmännisch und Piaf tapst auffordernd auf den Blister.

»Du musst ihr zwei geben.«

»Und nimm eine Schüssel mit«, rät Edith.

»Und ich bin schuld daran«, jammert Gustave. »Wegen dieser Sache und dem Foto ... Das hat sie einfach zu sehr mitgenommen. Bei Claire gab es auch immer einen Auslöser.« Gustave füllt ein Glas mit Wasser, klemmt sich die Salatschüssel unter den Arm und geht zurück in die Kammer.

»Wieso sind hier Blitze? Wo is'n der Rest von meinem Zimmer, ich seh den gar nicht mehr?«, fragt Valérie in diesem Moment und richtet sich auf. »Mir ist schlecht«, fügt sie hinzu und Gustave schafft es gerade noch, ihr die Schüssel vors Gesicht zu halten.

Die Mäuse wuseln ans Kopfgestell und halten Wache, so lange, bis Gustave seiner Tochter ein paar Löffel Brühe eingeflößt hat und sie endlich die Tabletten bei sich behalten kann. Anschließend fällt sie in einen tiefen, erschöpften Schlaf.

Als Valérie am nächsten Tag aufwacht, hat sie sechzehn Stunden am Stück geschlafen und schlägt verwirrt die Decke zur Seite.

»Hä?«, fragt sie niemand Bestimmten und gähnt. »Ich wollte doch … War ich eigentlich …?«

»Geht's dir besser?« Gustave streckt den Kopf durch den Vorhang.

»War ich krank?«, fragt Valérie zurück.

Gustave schmunzelt. »Nicht der Rede wert«, winkt er ab. »Hunger?«

»Wie ein Bär«, gibt Valérie zu, springt aus dem Bett und taumelt direkt in die Arme ihres Vaters, doch der hält sie sicher wie in einem Schraubstock, bugsiert sie nach draußen, nimmt sie nach dem Klo wieder in Empfang und wickelt sie in eine dicke Decke. »Ausruhen, Essen kommt gleich,

Füße hoch«, sagt er, drückt Valérie in den Campingstuhl und zieht eine Holzbox heran.

»Ich bin doch nicht krank«, protestiert Valérie. Sie kann sich außer an heftige Kopfschmerzen an kaum etwas erinnern.

»Ausruhen«, befiehlt Gustave und Valérie vergräbt die Hände in Madame Macarons Fell, die zur Begrüßung auf ihren Schoß gesprungen ist.

Nach dem Essen ist Valérie so gut wie wiederhergestellt, doch das darf sie ihren Vater auf keinen Fall merken lassen. Deswegen befolgt sie brav seine Erholungsanweisungen, während sie in Gedanken an ihrem Plan feilt.

Sie kann es kaum erwarten, dass es Abend wird, und vertreibt sich so gut es geht die Langeweile, bis endlich Schlafengehzeit ist. Als Gustave in der Abendsonne seine Tai-Chi Übungen absolviert, huscht sie hinein und tauscht heimlich die echte Schatzkarte gegen ein in Zeitungspapier gerolltes, altes Poster aus.

»Puh, bin ich müde«, schwindelt Valérie und gibt Gustave einen Gutenachtkuss. »Willst du nicht auch schlafen gehen?«, fragt sie und ihr Vater nickt dankbar.

»Wenn was ist, ich bin da«, sagt er und gähnt.

»Keine Sorge«, erwidert Valérie, »ich stricke noch ein wenig und dann schlafe ich wie ein Stein.«

Das schlechte Gewissen über die zahlreichen Flunkereien ist Valérie zwar unangenehm, aber leider hat der Migräneanfall alles durcheinandergebracht. Es wird immer dringender, dass sie die Karte zurückbringt.

Valérie schlüpft ins Bett und strickt an ihrem Schal weiter. Es dauert nicht lange, da vermeldet Gustaves Schnarchen, dass er eingeschlafen ist.

»Es kann losgehen«, flüstert Valérie und steht auf.

Aus Kissen, ihrem Pyjama und einer zotteligen Strickjacke, die im Dunkeln als Haare durchgehen, bastelt sie eine Valérie-schläft-Puppe und deckt sie sorgsam zu. Dann schlüpft sie in eines ihrer dunklen Blumenkleider. Ärgerlich fällt ihr wieder ein, dass sie ihre Lieblingsmütze verloren hat, und entscheidet sich für ein schwarzes Tuch, mit dem sie aussieht wie eine waschechte Piratin.

Sie verstaut die Mäuse in einer Bauchtasche, lässt ein wenig Magnesia in die Taschen ihres Kleides rieseln und kontrolliert den Rucksack: Schatzkarte, Draht, Haarnadeln, Panzertape, Taschenlampe, ein Dietrich, ein kleines Stemmeisen, eine stabile kreditkartengroße Plastikscheibe, Kabelbinder, ein Stück Seife, eine Spirale und allerlei weitere Utensilien, mit denen Valérie überall hineinkommt. Und wenn sie einmal drin ist, gibt es so was wie komische Verrenkungstänze unter Laserstrahlen hindurch gar nicht. Valérie schmunzelt bei der Vorstellung, denn so was kommt nur in Filmen vor.

»Es ist so viel einfacher, als alle glauben«, wispert Valérie.

»Aber nur für eine Meisterdiebin«, bemerkt Piaf.

»Danke für das Kompliment«, erwidert Valérie.

Dann kniet sie sich auf den Boden, erweitert das Straßenguckloch um zwei weitere Latten und lässt sich langsam hindurchgleiten. Für einen kurzen Moment hängt sie mit ihrem ganzen Gewicht an der Bodenplanke, bis sie mit den Füßen die Stützstreben des Anbaus zu fassen bekommt. Nun kann sie die Dielen wieder an die richtige Stelle heben. Mit dem Lineal, das für diese Fälle in einer Mauerspalte steckt, gleitet sie in die Ritzen zwischen den Latten, um auch den Teppich wieder darüberzuziehen.

Valérie verschnauft einen Augenblick und genießt den Anblick des geschäftigen Gewusels unten auf der Straße. Vespas, Autos, Taxis, Fußgänger, Leuchtreklamen, Hupen, Gesprächsfetzen und die verwehten Töne einer Klaviermelodie. Sie bestäubt sich die Hände und macht sich an den Abstieg.

Wild zerrt die kühle Abendluft an ihrem Kleid, und wer Valérie so sähe, könnte den Eindruck gewinnen, dass tatsächlich eine Piratin wagemutig in den Wanten und Stagen ihres Segelschiffes herumklettert, das auf dem glitzernden Lichtermeer von Paris durch die Wellen reitet.

Kapitel 8

Vor dem Museumseingang erinnern nur noch die rot-weißen Absperrbänder an das Polizeiaufgebot von gestern. Valérie biegt in einen Hinterhof ab, klettert über eine Mauer und gelangt so an die rückwärtige Gebäudeseite. Durch ihren Vater weiß Valérie von dem praktischen WC-Fenster, und es sieht nicht so aus, als ob sich jemand die Mühe gemacht hätte, es in der Zwischenzeit zu vergittern – wahrscheinlich hat niemand diesen simplen Trick überhaupt in Betracht gezogen. Allerdings muss es jemand geschlossen haben.

»Egal, wo man raus kann, kann man auch rein«, murmelt Valerie, setzt den Rucksack falsch herum auf, sodass er jetzt über ihrem Bauch drapiert ist, zieht dünne Lederhandschuhe über und klettert los.

Zwei Etagen muss sie überwinden, doch die Regenrinne ist stabil verankert, und wenn ihr Vater es geschafft hat, ist es für Valérie geradezu ein Spaziergang, daran hinaufzuklettern.

Als sie beim Fenster angekommen ist, wird es allerdings verzwickt. Das schmale Brett reicht kaum aus, um daran Halt zu finden und Valéries Beine fangen vor Anstrengung an zu zittern. Langsam schiebt sie sich noch ein Stückchen nach oben. Jetzt muss alles sehr schnell gehen, lange wird sie diese Position nicht halten können.

»Glasschneider«, murmelt sie und zieht das Werkzeug aus dem Rucksack.

In das kreisrunde Loch wird sie hinterher hineingreifen können und von Innen den Fenstergriff drehen. Valéries Muskeln brennen, als sie sich mit Schwung nach oben drückt, um den Glasschneider fest auf der Scheibe aufzusetzen.

Doch kaum hat das Messer die Scheibe berührt, schwingt das Fenster auf. Valéries Arm folgt dem Schwung, was sie derart aus dem Gleichgewicht bringt, dass sie den Glasschneider loslassen muss, um sich mit beiden Händen festzuklammern. Ihr Fuß rutscht über einen winzigen Absatz und Valérie bekommt im letzten Moment die Kante des Fensterrahmens zu fassen. Schmerzhaft presst sich das Metall der Leiste in ihren Handballen und Valérie spürt ein fieses Brennen im Zeigefinger, wo ein Fingernagel eingerissen ist. Gleichzeitig prallt der Glasschneider mit lautem Getöse auf die Fliesen und Valérie presst sich keuchend an die Wand.

»*Merde!*«, flucht sie und sieht sich um.

Genau gegenüber wird ein Fenster geöffnet und jemand sieht suchend hinaus. Valérie hält die Luft an. Wenn sie sich nicht bewegt, fällt dem Bewohner vielleicht nichts Ungewöhnliches auf. Ihr Herz klopft zum Zerspringen. Fast ist sie ein wenig sauer auf die Security-Leute des Museums, die sie unbeabsichtigter Weise in Gefahr gebracht haben.

»Trottel«, schimpft Valérie, als der aufmerksame Nachbar das Fenster wieder geschlossen hat. »Wenigstens die Fenster *richtig zumachen* könnt ihr doch.«

Sie schiebt sich langsam wieder unter das Fenster zurück, hebt ein Bein über die scharfe Kante und klammert sich fest. »*Aua, aïe*«, entfährt es ihr, als sie sich nach oben drückt, »das gibt blaue Flecken …«

Nachdem Valérie nicht sehr elegant ins Fenster hineingeklettert ist, entgegen ihrer sonstigen Vorgehensweise, lässt sie sich vom Spülkasten aufatmend zu Boden gleiten.

»Seid ihr okay?«, flüstert sie und sieht rasch in die Bauchtasche. Edith und Piaf machen das Daumen-hoch-Zeichen. »Ihr seid die besten«, wispert sie und eine warme Welle Glücksgefühl rauscht durch ihren Körper. Was hat sie nur für eine verrückte Familie!

Valérie hebt den Glasschneider auf, verstaut ihn im Rucksack und tritt ans Waschbecken. Sie dreht den Hahn nur so weit auf, bis wenige Tropfen hervortreten und sie sich das Blut vom Finger waschen kann.

»Autschautschautsch«, schnauft sie, als das kalte Wasser auf die Wunde trifft. Anschließend zieht sie leise ein Papiertuch aus dem Spender und wickelt es darum.

»So, hoffentlich ist die Tür verschlossen«, murmelt Valérie und drückt die Klinke hinunter. »Auch offen«, schnaubt sie enttäuscht. »Schade, ich hätte den Dietrich gern mal wieder verwendet …«

Sie zieht die Taschenlampe hervor. In dem alten Gebäude ist es zappenduster und nicht mal die Nachtbeleuchtung oder die Notausgangszeichen sind an.

»Saubere Arbeit, Papa, die Sache mit dem Wasser im Elektrokasten«, murmelt Valérie und schleicht im geisternden Licht der Taschenlampe den Gang entlang, immer den Hinweisschildern zum Hauptsaal hinterher.

Das jahrhundertealte Parkett aus Eichenholz knarrt leise unter ihren Schritten, und Valérie schnuppert in die Luft. Es ist dieser typische Geruch nach Läufern aus Wolle, nach Staub und vergangenen Zeiten, der in allen Museen irgendwie gleich ist, und Valérie stets auf eigenartige Weise fasziniert. Im Duft der Gegenstände, so empfindet es Valérie, schwingt gleichzeitig auch derjenige seiner ehemaligen Besitzer mit.

»Die Dings, wie heißen die, Moleküle, die sind in allem noch enthalten«, erklärt Valérie sich selbst und lässt beim Gehen ihre Finger an einem schweren Samtvorhang entlanggleiten. Dabei stellt sie sich vor, wie ganze Generationen von Bewohnern dieses Hauses das ebenso getan haben. Fast ist ihr, als könne sie das Lachen, die Gespräche, das Tappen der Füße aus den vergangenen Jahrhunderten dabei hören. Zum Glück sind die vielen Schaukästen noch nicht bestückt, sie würde vor lauter Neugier ihre Mission vergessen …

»Konzentration jetzt«, ermahnt sie sich.

Zwei große Flügeltüren kennzeichnen den Eingang zum Hauptsaal, der mit der üblichen purpurroten Samtkordel symbolisch abgesperrt ist. Valérie steigt darüber, tritt in den Raum und bleibt dann für einen Moment überwältigt stehen.

Es ist offensichtlich, dass die Ausstellung noch nicht fertig aufgebaut ist, doch schon jetzt sieht der Raum mit seinen Säulen, Kronleuchtern und meterhohen Wänden aus wie die reinste Schatzkammer. Hoch oben unter der Decke schwebt ein altes Propellerflugzeug, und in einer Nische, die wie eine Unterwasserwelt gestaltet ist, kann Valérie einen gewaltigen Anker erkennen, neben dem altmodische Taucherhelme und -anzüge dekoriert sind.

»Wow«, entfährt es ihr. »Wenn mehrere Quadratkilometer Gras über diese Sache gewachsen sind, muss ich unbedingt noch mal herkommen. Allein natürlich. Nachts.«

Valérie zieht die Zeitungspapierrolle aus dem Rucksack

und sieht sich um. Im Schein der Taschenlampe hat sie eine Art Pirateninsel mit Schiffswrack ausgemacht. Neben einer Palette mit Sandsäcken stehen zwei Rumfässer und mehrere leere Kartons. Die unfertige Schatzinsel ist mit Polizeiabsperrband und Klebemarkierungen fast zugepflastert.

»Der Tatort«, wispert Valérie und ihre Stimme klingt im Gewölbe des Saals wie eine unheilvolle Ankündigung.

Rasch wickelt sie die Karte aus dem Papier und schiebt die Rolle tief unter die Sandsäcke – irgendwann wird sie vom Dekorationsteam gefunden werden und die Museumsleitung wird davon ausgehen, den peinlichsten Aufruhr der Welt veranstaltet zu haben.

Valérie kichert bei der Vorstellung, und bekommt fast ein schlechtes Gewissen wegen der Häme und dem Spott, der anschließend in den Medien über das Museum ausgeschüttet werden wird.

»Hilft ja nichts«, murmelt sie bedauernd. Doch dann muss sie erneut kichern. »Wenn sie schlau sind, tun sie so, als sei die ganze Aktion Werbung gewesen oder eine Performance, schließlich geht es in diesem Museum um verschwundene Schätze.«

Grinsend steckt Valérie die Taschenlampe zwischen Ohr und Kopftuch, um die Hände frei zu haben. Jetzt kommt der zweite Teil des Plans. Sie wird sich millimeterweise vorantasten, jedes Sandkorn am Tatort umdrehen, um das

Foto ihrer Mutter zu finden. Angesichts des gründlichen Vorgehens der Spurensicherung ist ihr sowieso schon mehr als schwer ums Herz. Aber einen Funken Hoffnung hat sie noch, denn in den Nachrichten wurde auch heute (und sie hat beim Aufbruch extra einen Abstecher zum Fenster von Madame Clément gemacht, unter deren Fensterbrett eine Universalfernbedienung versteckt ist, mit dem sie sich nach Belieben ins Programm einhacken kann) nichts von einem möglichen Hinweis durch ein am Tatort gesichertes Beweismittel berichtet.

Im Kopf hat Valérie über den abgesperrten Bereich eine Art Raster aus zehn mal zehn Zentimeter großen Quadraten gelegt. Das ist die beste Methode, um etwas Verlorenes wiederzufinden und ganz sicher davon ausgehen zu können, dass man nichts übersieht.

Valérie rafft ihren Rock und klemmt den Saum in den Bund der Strumpfhose. Dann klettert sie über die Absperrung. Oben links in der Ecke will sie mit der Schachbrett-Suchmethode anfangen. Als sie den Kopf bewegt, verrutscht die Taschenlampe und Valéries Hand zuckt hoch, um sie wieder geradezurücken. Dabei irrlichtert der Strahl für einen kurzen Moment über die prächtige Empore und streift das Geländer. Darauf ist eine so lebensecht aussehende menschliche Figur dekoriert, dass Valérie vor Schreck ein kleines Japsen entfährt.

»Übertreibt mal nicht, Leute«, keucht sie. »Voll *Madame Tussauds* hier, oder was?« Valérie zerrt den Knoten des Tuches fester. Dann sieht sie erneut zur Empore hinauf.

Doch die Gestalt ist verschwunden.

Für eine Sekunde steht Valérie stocksteif da.

Dann zerrt sie blitzschnell die Taschenlampe aus der selbst gebastelten Halterung und löscht das Licht. Flach atmend verharrt sie reglos in der Schwärze des Museums. Hat sie sich ganz sicher nicht getäuscht? Bisher hat sie sich in dem ehrwürdigen Gebäude, zwischen den geheimnisvollen Aufbauten, dem Knacken in den Rohren und Dielen und dem Gewisper der Geister aus vergangenen Zeiten nicht gegruselt.

Doch nun ist alles anders.

Sie ist nicht allein.

Urplötzlich wird ihr eiskalt. Eine Gänsehaut kribbelt ihren Nacken hinunter. Valérie fühlt sich wie gelähmt. Fast wie vor ein paar Tagen in der Métro.

Angestrengt lauscht Valérie. Wird sie etwa verfolgt? War das wieder so eine seltsame Gestalt wie neulich an der Haltestelle? Ist das die Polizei, die darauf wartet, dass der Täter wiederkommt?

Valéries Gedanken rasen und kommen trotzdem zu keinem vernünftigen Schluss. Alles erscheint ihr mit einem Schlag vollkommen abwegig, falsch, logisch und verrückt zugleich. Aber vielleicht ist das ja auch eine Falle? Valéries Hals wird eng und sie spürt den seltsamen Kloß wieder wachsen. Sie kann nicht anders, als krampfhaft dagegen anzuschlucken, wodurch er ihr nur noch größer vorkommt. Und dann ist ihre Starre plötzlich wie weggeblasen und der Drang, einfach wegzulaufen, Hals über Kopf zu flüchten, wird beinahe übermächtig. Valérie zwingt sich mit aller Macht, statt einfach draufloszurennen, langsam, Schritt für Schritt in Richtung der großen Flügeltüren zu schleichen.

»Ich bring uns hier raus«, denkt Valérie.

Sie ist jetzt in höchster Alarmbereitschaft, ihre Sinne sind glasklar und geschärft. Fast meint sie, noch niemals zuvor in der Dunkelheit so gut gesehen zu haben. Weiter, weiter, Schritt für Schritt … nur noch wenige Meter trennen sie vom Gang. Dort angekommen, wird sie zur Toilette rennen, sich darin einschließen und so genügend Zeit haben, aus dem Fenster zu …

Da legt sich plötzlich von hinten eine Hand über Valéries Mund.

Mit einem Schlag weicht jegliches Gefühl aus ihren Beinen. Ihre Knie werden zu Wackelpudding und Valérie schwankt.

»Pscht, nicht schreien«, wispert eine Stimme direkt in ihr Ohr.

Valérie entfährt ein Wimmern. Sie ist ihrem Verfolger mitten in die Arme gelaufen!

Als sie es fertigbringt, endlich zu nicken, spürt sie, wie sich daraufhin die Hand über ihrem Mund lockert, zögerlich, als ob derjenige sich nicht sicher wäre, ob er ihr vertrauen könne.

»Ich schrei nicht«, quetscht Valérie zwischen den Fingern hindurch.

Ihre Stimme hört sich fremd an. Außerdem muss sie so dringend aufs Klo wie in ihrem ganzen Leben noch nicht. Als die Hand von ihrem Mund verschwunden ist, dreht sie sich blitzschnell um.

»Hi«, sagt der Junge.

Ein entschuldigendes Lächeln liegt auf seinem Gesicht.

Valéries Zunge klebt wie ein Stück Serviette an ihrem Gaumen. Nur mit Mühe kann sie sie lösen.

Mit einem wütenden Laut gibt sie dem Jungen einen kräftigen Stoß. Überrascht taumelt er nach hinten.

»He«, schimpft er.

Dann starren die beiden sich an.

»Hast du sie noch alle?«, faucht Valérie. »Mich so zu erschrecken! Du spinnst ja wohl komplett! Hau ab!«

»Na ja, ich …«, beginnt der Junge, als Valérie ihm seine Mütze vom Kopf zieht.

»Das ist meine!«, ruft sie empört. »Wo hast du die her?«

Dann hält sie inne.

Die passenden Puzzleteile fallen langsam an die richtigen Stellen. Dieser kleine Cretin hier ist *der* Junge? Der vom Eiffelturm und der mit der Handyfrau? Und jetzt ist er hier, lauert ihr auf und hält ihr den Mund zu?

»Geht's noch?«, blafft Valérie. »Bäh!«, sagt sie und wischt sich über die Lippen.

Der Junge grinst. »Sorry«, sagt er.

»Nix sorry, bist du irre, oder was? Was soll das hier?«, raunzt Valérie.

Schlagartig ist die Anspannung von ihr abgefallen und verwandelt sich in Ärger. In großen Ärger. Dieser komische Junge hat ihr schon genug Kopfzerbrechen bereitet und jetzt taucht er einfach so hier auf? In ihrem … Revier, sozusagen! Valérie schnaubt.

»He, jetzt halt mal die Luft an und hör mir zu«, sagt er beschwörend und Valérie wirft ihm ein fassungsloses »Pf!« an den Kopf. »Ich heiße Matteo«, sagt der Junge und wuschelt sich verlegen durch die platt gedrückten, schwarzen Locken, als wäre es ihm unangenehm, sich vorzustellen. Dann geht er einen Schritt auf Valérie zu und sieht ihr in die Augen. Er räuspert sich. »Okay, noch mal«, sagt er. »Hör mir zu, nur für 'ne Sekunde. Das Foto, das du suchst, ist nicht hier.« Er schnappt die verblüffte Valérie am Ärmel und zieht sie zu einem Stapel Kisten, damit sie sich setzen können.

»WAS?«, japst Valérie verwirrt. »Was laberst du da für einen Mist?! Ich … hab überhaupt kein Foto gesucht«, lügt sie. »Bloß was zurückgebracht. Also ich geh jetzt. Das ist mir viel zu doof.« Valérie will aufstehen, doch Matteo hält sie erneut am Ärmel fest.

»Lass mich los!«, faucht Valérie.

»Okay, sorry! Warte. Nur noch das: Du musst dich nicht verstellen. Ich weiß vom Foto deiner Mutter, weil ich versucht habe, es vor ihnen zu finden und dann, es ihnen wieder wegzunehmen«, erklärt er.

»Du bist ja völlig durchgeknallt!« Valérie spricht lauter als beabsichtigt und ihre Stimme hallt durch den Saal.

»Pscht«, zischt Matteo. »Schrei hier nicht so rum! Kann ich vielleicht einfach mal fertig reden?«

»Von mir aus«, schnaubt Valérie. »Mach halt.«

»Also«, sagt Matteo. »Gestern Nacht war ich hier, um –«

»Du warst hier?«, keucht Valérie.

Matteo nickt. »Hat ja jeder mitgekriegt, dass da jemandem ein Jahrhundertraub gelungen ist. War mir sofort klar, dass das eine ungenehmigte Sache eines Einzelkämpfers gewesen sein muss. Die kostbarste Schatzkarte der Welt zu stehlen, und das nicht übers *IVM* laufen zu lassen, sondern auf eigene Faust durchzuziehen … alle Achtung, dein Vater hat Nerven! Also bin ich hergekommen, weil ich wusste, dass Rabraqueur seine Spione schicken würde, um herumzuschnüffeln. Komische Gestalten, total unheimlich. Sie sind übrigens schon seit Tagen in der Stadt. Drei sind mir schon begegnet.«

Valérie wird bei jedem weiteren Satz kälter. Wie Eiswürfel fallen die Wörter in ihren Bauch: Rabraqueur, Foto, Mutter, *IVM*, Spione … Das sind doch alles Informationen, die sonst niemand kennt – niemand außer Valérie und ihre geheime Dachwohngemeinschaft! Dabei geht es doch um ihr verborgenes Leben, von dem keiner etwas ahnt, außer fünf Lebewesen, von denen auch noch drei Tiere sind!

Plötzlich ist da dieser fremde Junge mit all dem Insiderwissen, der sie bestiehlt und ihr in die Quere kommt und ihr seltsamerweise trotzdem vorkommt, als würde sie ihn schon sehr viel länger als fünf Minuten kennen!

Valéries Welt beginnt zu schwanken.

KAPITEL 9

»Mir ist schlecht«, sagt Valérie und lehnt sich an die Wand.

»Kann ich verstehen«, erwidert Matteo und fasst in seine Manteltasche. »Zitrone oder Orange?«, fragt er und hält Valérie zwei Bonbons hin.

»Beides«, sagt Valérie schwach und stopft sich die Bonbons in den Mund. »Bescher«, nuschelt sie kurz darauf.

Matteo zieht Valérie mit sich auf den Boden.

»Geht's wieder?«, fragt er und Valérie nickt. »Euer geheimes Haus ist übrigens sehr schön«, sagt er.

Valérie schlingt die Arme um die Knie und starrt Matteo an.

»Seit wann spionierst du uns schon aus?«, presst sie hervor.

In ihrer Stimme liegt leichte Panik. Sie kann immer noch nicht begreifen, was Matteo eigentlich von ihr will und was das alles zu bedeuten hat.

»Erst seit ein paar Tagen«, erwidert Matteo. »Ehrlich. Als ich den ersten Rabraqueur-Wächter gesehen habe.«

»Rabraqueurs Wächter?«, quiekt sie. »Dann, dann … dann war der Typ aus der Métro doch einer von denen! Da war ein Mann, der hat nur geguckt, aber ich hatte so Angst wie noch nie in meinem Leben!«

»Ja«, bestätigt Matteo. »So fühlt man sich in ihrer Anwesenheit. Und gestern Nacht waren zwei hier. Sie haben das Foto gefunden.«

»Nein!« Valérie schießen Tränen in die Augen. »Oh nein!«

Matteo senkt den Blick. »Es tut mir total leid, aber ich konnte –«

»Wo?«, unterbricht ihn Valérie. »Wo haben sie es gefunden?«

»Ach egal«, winkt Matteo verlegen hab, »jedenfalls konnte ich –«

»Nein, sag!«, beharrt Valérie.

Sie hat keinen Schimmer, warum ihr ausgerechnet diese Antwort so wichtig ist, aber im Moment scheint ihr Gehirn völlig überfordert und kann möglicherweise nicht zwischen nötigen und unnötigen Informationen unterscheiden.

»Auf dem Männerklo«, sagt Matteo und kratzt sich verlegen im Nacken. »Na ja, dein Vater war –«

Valérie lässt den Kopf zwischen die Knie sinken.

»Alles okay?«, fragt er und Valérie nickt.

Ihre Schultern beginnen zu beben.

»Hallo, Valérie?« Matteo klingt richtig besorgt.

Es ist das erste Mal, dass er ihren Namen ausspricht, und Valérie fällt auf, dass sie ihn so gut wie noch nie von jemand anderem als von Gustave und den Mäusen gehört hat. Aber das ist jetzt nebensächlich und sie kann es einfach nicht mehr zurückhalten: Sie muss lachen. Es will aus ihr herausblubbern, so ungestüm, dass Valérie sich nicht anders zu helfen weiß, als sich die Mütze vors Gesicht zu pressen, um das Geräusch zu dämpfen. Valérie lacht los, bis ihr Tränen die Wangen hinablaufen und Matteo aus den Tiefen seiner Manteltasche ein Taschentuch hervorzaubert und es Valérie reicht.

Als sie sich die Nase geputzt hat und ihr Gesicht wieder ernst wird, fragt Matteo behutsam: »Geht's wieder?« Valérie nickt tapfer. »Also, weil du's ja genau wissen willst: In den Toiletten wird noch gebaut, nur eine Kabine ist funktionstüchtig und einer von den Rabraqueur-Typen musste auch und *paff*, blöder Zufall, findet er dort das Foto und kommt wie so 'n Kind, das ein Osterei gefunden hat, damit zurück in den Saal, wedel, wedel, und die beiden Idioten freuen sich wie blöd und –«

»… und dann hast du's ihm abgenommen? Ja? Du hast es ihm doch abgenommen, oder? Du kannst doch klauen, ich hab's selbst gesehen!«

Doch natürlich kennt sie die Antwort bereits, Matteo redet ja nicht umsonst so viel drum herum …

»Ehrlich, ich hab's versucht, aber sie haben diesen Erstarrungs-Zauber angewendet, diese Mistmagie, die sie immer benutzen, wenn –«

»Hä?«, fragt Valérie und Matteo sieht sie überrascht an.

»Davon weißt du nichts?«, fragt er und Valérie schüttelt den Kopf.

»Ich schätze, ich weiß eh irgendwie nicht so viel …«, gesteht sie schwach. »Und ich weiß auch immer noch nicht, wer du bist.«

Matteo steht auf. »Ich glaube, wir brauchen doch ein bisschen mehr Zeit«, sagt er und reicht ihr die Hand.

Erstaunt starrt Valérie darauf und legt ihre dann zögerlich hinein.

»Komm, die haben hier so 'n Kiosk für Besucher, fertig eingeräumt. Aber wir müssen in Deckung bleiben«, flüstert er und läuft los. »Die Eingangshalle ist von außen einsehbar.«

Als sie dort angekommen sind, drängt er Valérie hinter eine Gruppe großer Palmenkübel.

»Kopf runter«, zischt er und Valérie duckt sich.

Keine Sekunde zu spät, denn da gleitet der helle Strahl einer Taschenlampe durchs Foyer. Ein Security-Mann patrouilliert draußen vorbei und lässt das Licht durch den Eingangsbereich wandern. Routiniert und gründlich leuchtet er den Raum aus. Die Palmenblätter rascheln leise, als sich Valérie und Matteo noch kleiner machen. Sie verharren eine Weile hinter den Kübeln, bis sie ganz sicher sein können, dass der Mann weitergelaufen ist. Dann huschen sie hinter die Theke des Souvenir- und Snackshops.

Matteo greift in ein Regal, reicht Valérie zwei Dosen Cola und fischt eine Handvoll Schokoriegel aus einem Karton.

»Ich kenn mich aus, war ja gestern schon hier«, erklärt er.

Sie setzen sich auf den Boden und öffnen zischend die Dosen.

»Wie ist eigentlich dein Nachname?«, fragt Matteo.

»d'Escamot«, sagt Valérie. »Von *escamoter*, etwas verschwinden lassen, weil …« Valérie verstummt. Soll sie Matteo das wirklich erzählen? Na ja, was soll's, er scheint sowieso mehr zu wissen, als sie selbst. »… weil meine Mutter auf unserer Flucht aus dem *IVM* … verschwunden ist.«

Matteo nickt. »Ich heiße Baroudeur«, sagt er. »Von *le baroudeur*, Ausreißer, Abenteurer, Überlebenskünstler. Weil es mir auch gelungen ist, aus dem *IVM* wegzulaufen.«

»Ehrlich?!«, ruft Valérie aus. »Du bist auch geflüchtet? Allein? Dann bist du wie ich ein Meisterdiebkind? Dann sind wir ja beide Meisterdiebkinder. Du musstest den Stangentest machen und –«, sprudelt es aus ihr hervor.

Matteo schüttelt den Kopf. »Nein, meine Eltern sind … waren im *IVM* in einer Spezialabteilung … Sie waren Schatzsucher. Ich denke, deswegen ist Rabraqueur an diesem Raub hier im Museum so interessiert.« Matteo nimmt einen Schluck Cola. »Man hat mir gesagt, dass meine Eltern auf einer Schatzsuche verschollen sind, als ich noch ganz klein war.«

»Oh nein«, haucht Valérie. »Das ist ja schrecklich!«

Matteo zuckt mit den Schultern und wickelt einen Schokoriegel aus dem Papier.

Als er nicht weiterredet, beschließt Valérie nicht nachzuhaken und packt ebenfalls einen Riegel aus, bricht ein Stückchen davon ab und öffnet die Bauchtasche.

»Darf ich vorstellen? Edith und Piaf«, sagt sie, als die Mäuse neugierig aus der Tasche lugen.

Valérie gibt Piaf die Schokolade in die Pfötchen, während seine Frau nur Augen für Matteo hat.

»Das ist Matteo, irgendwie so 'ne Art Geist aus der Vergangenheit, fragt nicht, ich kapier's auch noch nicht«, sagt Valérie.

Piaf nickt. »Kein Problem, erklär's uns später, guten Appetit«, murmelt er und verschwindet wieder in der Tasche.

Doch Edith rührt sich immer noch nicht und Valérie stupst sie vorsichtig mit dem Finger an.

»Wenn du dich nicht beeilst, futtert Piaf alles allein auf«, sagt sie.

»Ooookay«, haucht Edith und taucht ebenfalls ab.

Matteo seufzt. »Ich hatte beim *IVM* ein sprechendes

Kaninchen. Es hieß Wolle. Aber es konnte nicht mitkommen, weil es eine große Kaninchenfamilie hatte. Kann ich natürlich verstehen, aber ich vermisse es …«

»Das verstehe ich«, sagt Valérie unglücklich. Jetzt hat sie Matteo erst an seine verschwundenen Eltern und dann an sein geliebtes Kaninchen erinnert.

Doch Matteo wickelt nur einen weiteren Riegel aus und erzählt einfach weiter.

»Also«, sagt er kauend, »jeder *IVM*-Dieb hat so eine bescheuerte, hinterlistige Zaubermagie, die jeden anderen normalen Dieb im Umkreis lähmt oder stoppt oder sonst wie aufhält. Ich war wie gelähmt, ganz starr, null Chance – ehrlich, das musst du mir glauben.« Matteo sieht Valérie flehend an. »Ich hätte das Foto geholt, wenn ich gekonnt hätte, ich schwör's dir!«

»Klar glaub ich dir«, erwidert Valérie. »Ich weiß ja, wie gut du bist. Fast besser als ich«, fügt sie hinzu und grinst.

Matteo knüllt das Papier zusammen. »Aber nur, weil ich dich beim Arbeiten beobachtet habe«, gibt er zu.

In demselben Moment, in dem Matteo seinen Arm hebt, hält Valérie ganz automatisch den kleinen Plastikmülleimer wie einen Basketballkorb hoch. Matteos Papierball trifft genau hinein. Das alles geschieht fast zeitgleich.

»Siehst du, das meine ich«, sagt Matteo, als der Ball im Eimer landet. »Wenn ich nicht gewusst hätte, dass du das kannst, hätte ich beim Eiffelturm und nachts bei der Frau mit dem Handy keine Chance gehabt!«

Valérie zieht die Beine an und schlingt ihre Arme darum.

»Aber das fühlt sich alles nicht gut an«, flüstert sie. »Wie hast du mich denn eigentlich gefunden?« Valérie stockt. »Warte mal«, sagt sie und richtet sich auf. »Was, wenn du mich gerade reinlegst und alles aus mir rausquetschst und das dann Rabraqueur erzählst, weil du sein Spion bist?« Langsam bewegt sie sich rückwärts. »Stimmt's?«, zischt sie. »Stimmt's? Gib's zu!«

»Nein!«, faucht Matteo und starrt Valérie wütend an. »Jetzt reicht's aber! Komm mal wieder runter! Überleg doch mal, wenn ich ein Spion wäre, warum sollte ich dann erst mit dir Kontakt aufnehmen und stundenlang quatschen? So bescheuert kann doch keiner sein.«

»Du vielleicht schon?«, schnauzt Valérie.

Matteo rollt mit den Augen. »Ist mir jetzt auch allmählich alles zu doof. Geh halt, wenn du willst. Ich halte dich nicht auf!«

Valérie ist für einen Moment unschlüssig. Wie soll sie die richtige Entscheidung treffen, wo gerade alle Varianten irgendwie verrückt sind?

»He, okay, sorry. Setz dich wieder hin, ja?«, sagt Matteo und klingt dabei so aufrichtig, dass Valérie einfach nachgibt. »Du kannst mir vertrauen. Ich vertrau dir doch auch.«

»Okay«, sagt sie leise. »Also wenn alles so ist, wie du sagst, dann hat Rabraqueur jetzt das Foto von Maman?«

Ein Zittern durchfährt ihren Körper. Da schält sich Matteo aus dem Mantel und legt ihn ihr über die Schultern. Valérie nimmt rasch einen Schluck aus der Dose, um ihre Verlegenheit zu überspielen.

»Danke«, nuschelt sie.

Matteo öffnet so leise wie möglich eine Packung Chips. »Nicht gerade der leiseste Snack in Anbetracht der Gesamtsituation«, sagt er, bietet Valérie aber trotzdem die Tüte an und greift dann selbst hinein.

Unwillkürlich muss Valérie grinsen.

»Mein Plan ist der«, sagt Matteo zwischen zwei Chips, »wir holen dein Foto von Rabraqueur zurück. Ende.«

»Aha«, sagt Valérie. »Und wo sollen wir anfangen zu suchen? Und warum willst du mir dabei helfen? Wieso bist du eigentlich … auf einmal … so … so … in meinem Leben? Du bist doch auf der Flucht!«

Matteo schüttet sich die letzten Chipsreste in den Mund.

»Dass die beiden Dumpfbacken«, sagt er und geht gar nicht weiter auf Valéries Fragen ein, »das Foto natürlich längst ihrem Meister übergeben haben, können wir uns denken. Das Problem ist also jetzt, dass Rabraqueur deine Mutter erkennen wird. Und deshalb wird er wissen, wer es verloren hat. Ihm ist also sonnenklar, dass es dein Vater ist, dem er da bei seiner routinemäßigen Überprüfung eines ungenehmigten Einbruchs zufällig auf die Spur gekommen ist. Und das ist *nicht gut.*« Matteo wischt sich die Hände an der Hose ab. »Ich hasse Zufälle«, sagt er. »Obwohl, eigentlich nicht alle. Dich hab ich auch nur durch Zufall entdeckt. Purer Zufall. Und weißt du warum? Weil es total krass auffällig war, dass dich andere Leute nicht sehen. Du kletterst irgendwo lang und keinen interessiert es. So was hab ich noch nie erlebt! Egal, jedenfalls kenne ich Rabraqueurs Kerkerliste, sie hängt eingerahmt in seiner Bibliothek und dein Vater steht an erster Stelle, ganz oben, mit Sternchen. Wenn er ihn also jemals finden sollte, dann Gute Nacht … Aber er kann ja nicht überall in Frankreich sein und seine Leute auch nicht, und bis jetzt haben sie euch ja auch nicht entdeckt und –«

»*Mon Dieu*«, unterbricht Valérie entsetzt Matteos Redeschwall. »Papa steht auf einer Todesliste?«

»Nein, nein, bloß auf einer Kerkerliste«, widerspricht Matteo, als ob das irgendwas ändern würde. »In seiner Burg gibt es so tiefe Verliese … ich war … egal …« Matteo winkt ab.

»*Merde*«, stößt Valérie hervor. »Du warst da auch schon drin?«

Dieses Gespräch fühlt sich an wie ein Albtraum. Eine schreckliche Nachricht nach der anderen. Valérie weiß nicht, was sie tun soll, deswegen reicht sie Matteo einfach die Mütze.

»Schenk ich dir«, sagt sie.

»Cool«, erwidert Matteo und setzt sie auf. »Danke … Paris gefällt mir. Gute Entscheidung, hierherzukommen.«

Valérie wickelt sich noch tiefer in Matteos Mantel.

»Das finde ich auch. Aber was … was … was machen wir … ich … wir denn jetzt?«, stottert sie.

»Wir«, sagt Matteo und wischt sich das Salz von den Händen.

»Und warum willst du mir überhaupt helfen?«, fragt Valérie noch mal.

Matteo zuckt mit den Schultern. »Ist vielleicht so eine Art Rache an Rabraqueur. Seit ich denken kann, gibt es auf der Burg diese Geschichte um das verschwundene Meisterbaby. Man darf nicht drüber reden, sonst landet man im Kerker. Und als ich nach Paris kam, hab ich mir als Allererstes den Eiffelturm angesehen, und da kletterte ein Mädchen dran hoch. Zuerst dachte ich, das wäre 'ne Performance oder 'ne Street-Art-Künstlerin, aber anscheinend hat niemand außer mir dich überhaupt wahrgenommen. Und da wusste ich einfach, dass ich Rabraqueurs Meisterbaby gefunden habe.«

»Jetzt verstehe ich … Klar, ich habe gar nicht drüber nachgedacht, du kannst mich ja sehen. Wir sind also wirklich beide aus der anderen Welt …« Valérie legt unglücklich ihre Stirn auf die Knie. »Sie werden uns also finden, ja? Und alles nur, weil Papa mir zum Geburtstag ein rosa Fahrrad schenken will.«

»Himmelblau«, verbessert Matteo.

Valérie blickt ihn aus schmalen Augen böse an.

»Jaaa, sorry, ihr habt ziemlich laut geredet … Aber mal ehrlich, ich hätte gern einen Vater, der mir ein Fahrrad schenkt. Ich würde auch eins in Rosa nehmen, echt. Dass er ausgerechnet das Prunkstück der Ausstellung klaut, wo doch hier wirklich genügend Dekokarten rumliegen, damit konnte ja keiner rechnen …«

Valérie kichert. »Das hat Papa auch gesagt.«

»Eben«, fährt Matteo fort. »Im Grunde ist dieses bescheuerte Museum echt selbst schuld. So, und jetzt komm, wir hauen ab.«

Matteo erhebt sich und klappt Valéries Rucksack auf, um die restlichen Süßigkeiten aus den Kartons hineinzufüllen, als er beim Anblick der Einbruchwerkzeuge lachen muss.

»Hast du alles nicht gebraucht, was?«, stellt er fest.

»Ach, *du* warst das mit dem offenen Klofenster? Vielen Dank auch, ich wäre beinahe abgestürzt.« Valérie zeigt ihre verbundene Fingerkuppe und schält sich aus dem Mantel.

Matteo verzieht erschrocken das Gesicht.

»Oh nee! Das tut mir leid. Echt jetzt. Ich wollte nur, dass

du's einfacher hast …«, erwidert Matteo. »Du darfst den Mantel ruhig noch behalten.«

Doch Valérie schüttelt den Kopf. »Danke, aber ich kann nur in meinen eigenen Klamotten klettern«, antwortet sie und überlegt, wie sie das erklären soll, als Matteo bereits abwinkt.

»Ich versteh schon.« Er schlüpft in seinen Mantel und füllt sich die Taschen mit den restlichen Snacks. »Balance, Gewicht, Bewegungsfreiheit und so weiter. Geht mir genauso. Deine Kleider sind übrigens total schön«, sagt er übergangslos und Valérie ist über das Kompliment einen Moment sprachlos. So was hat noch nie jemand zu ihr gesagt. Meint er das ernst?

»Die nähe ich alle selbst«, sagt sie schnell, bevor sie es sich anders überlegen kann.

Matteo ergreift ein Stück vom Saum und reibt den Stoff sachte zwischen den Fingern.

»Echt? So was kannst du?«

Valérie runzelt die Stirn. Wird sie gerade reingelegt? Valérie wird einfach nicht schlau aus ihm. Viel zu groß ist ihre Unsicherheit, ob sie ihm tatsächlich vertrauen kann.

Doch da redet Matteo schon weiter.

»Ich würde gern mal sehen, wie du das machst.«

Und das klingt so aufrichtig und ehrlich, dass Valéries Herz einen kleinen Hüpfer produziert. Diese ganze Nacht ist dermaßen schräg! Und obwohl da dieser Rest von Zweifel bleibt, fühlt sie sich mit Matteo so wohl und aufgehoben, dass es ihr schon fast unheimlich ist. Und da ist sie auch schon, die Angst, auf die Valérie fast schon gewartet hat: dass er nämlich aus irgendeinem Grund genauso schlagartig wieder verschwinden könnte, wie er aufgetaucht ist.

»Sollen wir eigentlich Freunde sein?«, platzt es aus ihr heraus und Valérie kann es nicht fassen, dass sie das gesagt hat. Vor ein paar Minuten hätte sie ihn noch am liebsten erwürgt – und jetzt das?

»Logisch«, antwortet Matteo, knöpft den Mantel zu und duckt sich. »Wenn die Luft rein ist, treffen wir uns hinter den Palmen.«

Dann läuft er gebückt los, zu den Kübeln hinüber. Valérie beobachtet den Vorhof des Museums, wartet ab, bis ein streunender Fuchs die Papierkörbe neben den Sitzbänken kontrolliert hat, und huscht dann zu Matteo.

»Welchen Ausgang sollen wir nehmen? WC, Garage oder meinen?«, fragt er, als sie bei ihm angekommen ist.

»Dieses Haus ist löchriger als ein Schweizer Käse«, wispert Valérie. »Deinen«, entscheidet sie. »Ich bin neugierig.«

»Wird dir gefallen«, erwidert Matteo und läuft los. »Guck, Dienstbotentreppenhaus«, flüstert er, als sie vor dem schweren Samtvorhang stehen, den Valérie zuvor berührt hat.

Matteo schiebt ihn zur Seite und öffnet eine Tür von der

Größe eines Fensters, die in der Wand dahinter zum Vorschein kommt.

Wir sind Freunde, denkt Valérie ununterbrochen, während sie hinter Matteo die schulterschmale Holzstiege zum Dachboden emporsteigt. Ich hab ’nen Freund! Ich habe endlich auch einen Freund, wie ein ganz normales Kind!

Und dabei fühlt sie sich, trotz des ganzen Schlamassels, so voller knisterndem, prickelndem Leben, wie eigentlich fast noch überhaupt nie.

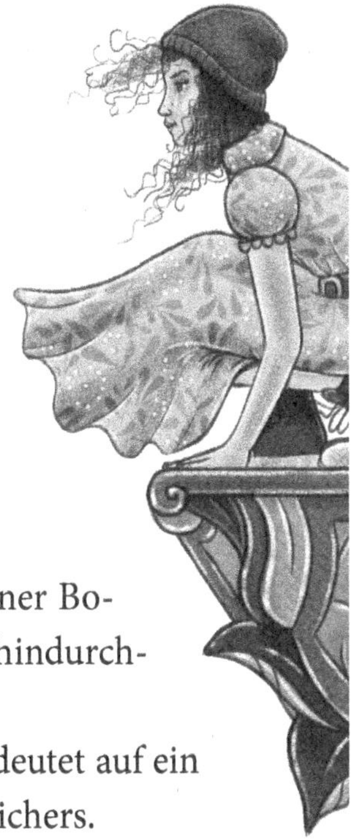

Kapitel 10

Die schmale Wendeltreppe endet in einer Bodenklappe, die Matteo aufdrückt und hindurchklettert.

»Da hinten geht's raus«, sagt er und deutet auf ein winziges Dachfenster am Ende des Speichers.

Staunend sieht sich Valérie um. Der Dachboden ist in lauter winzige Kammern unterteilt, in denen rostige Bettgestelle, Stühle ohne Sitzflächen und anderes Gerümpel steht.

Das Mondlicht scheint nur spärlich durch die staubigen, spinnwebenverhangenen Fensterchen.

»*Chambres de bonnes*«, flüstert Valérie, Dienstmädchenzimmer, als sie in einige hineingesehen hat. »Wie aus einer anderen Zeit. Das hier ist ein Museum *im* Museum.«

»Sind mir gestern und heute gar nicht richtig aufgefallen«, gibt Matteo zu und sieht sich um. »Hier war bestimmt ewig niemand mehr oben …«, meint er nachdenklich.

»Matteo?«, fragt Valérie.

Seinen Namen auszusprechen fühlt sich irgendwie speziell an … Matteo dreht sich zu ihr um und Valérie hakt die Hände in die Träger ihres Rucksacks. Für einen Augenblick sagt niemand etwas.

»Hm?«, fragt Matteo.

Valérie holt Luft. »Wenn wir das wirklich machen wollen«, beginnt sie, »also das Foto zurückholen.« Matteo nickt. »Dann wird das richtig gefährlich.«

Matteo nickt wieder. Eine Taube gurrt sanft im Schlaf und Valérie bekommt eine Gänsehaut.

Doch es ist genau dieser Augenblick, hier oben mit Matteo, auf diesem vergessenen Speicher, der Valérie gleichzeitig zu einer Erkenntnis bringt: Matteo und sie befinden sich inmitten einer Millionenstadt, aber in dieser geheimen Kammer sind sie doch unsichtbar. Kein Mensch auf der Welt weiß, wo sie sich aufhalten. Bei diesem Gedanken breitet sich eine große Ruhe in Valérie aus und mit einem Mal ist da keine Angst mehr, kein Zögern und keine Zweifel.

»Matteo«, sagt sie mit Bestimmtheit. »Wir müssen es anders machen. Schlauer. Mit List, verstehst du? Nicht Rabraqueur wird Papa finden, *wir* werden Rabraqueur finden. Nicht Rabraqueur wird Papa jagen, *wir* werden *ihn* jagen. Wir stellen ihm eine Falle. Wir vernichten ihn. Er muss verschwinden, er hat genug Unheil angerichtet. Er muss ins

Gefängnis oder sonst wohin, Hauptsache, weg! Denn wenn wir so denken, sind wir ihm …«

»… immer einen Schritt voraus«, ergänzt Matteo.

»Genau! Und weißt du was?«, ruft Valérie aufgeregt. »Das sind wir jetzt schon!« Erschrocken flattert die Taube auf. »Oh, sorry«, flüstert Valérie. »Echt, ich mag gar nicht dran denken, was passiert wäre, wenn du uns nicht gewarnt hättest … Was ich sagen will, ist: Wir beide wissen, dass er das Foto hat und welche Rückschlüsse er daraus ziehen wird. Er weiß aber nichts von uns! Und schon gar nicht, dass wir zusammenarbeiten!« Valérie hält atemlos inne. Mit einem Mal fühlt sie sich so lebendig und voller Mut!

»Und du willst das wirklich wirklich?«, fragt Matteo.

»Wirklich wirklich«, erwidert Valérie.

»Aber wenn er uns schnappt, weißt du, was das bedeutet …«, hakt Matteo nach und Valérie stößt fauchend die Luft aus.

»Ja, aber ich hasse ihn! Und du hasst ihn auch! Er hat meine Mutter und deine Eltern auf dem Gewissen. Und bestimmt noch viele andere. Die ganze Welt«, Valérie macht eine ausholende Armbewegung, »ist sowieso schon verrückt und kompliziert und gefährlich genug.« Ihr Atem geht heftig, am liebsten würde sie schreien, so wütend ist sie plötzlich. »Ich *hasse* ihn«, ruft sie noch mal.

»Okay«, sagt Matteo und verschränkt die Arme. Mit

der Fußspitze malt er Muster in den Staub auf den Dielen. »Aber du weißt schon, dass wir als Erstes deinen Vater aus der Schusslinie bringen müssen? Nicht nur wegen Rabraqueur, auch wegen der Polizei. Ist ja überhaupt nicht sicher, dass sie ihm nicht doch irgendwie auf die Schliche kommen.«

Valérie nickt. »Das wird allerdings schwierig werden.«

»Hat er nicht einen Cousin auf dem Land?«, fragt Matteo. »Jeder normale Franzose hat doch Verwandtschaft auf dem Land!«

Valérie grinst. »Ist mein Dad ein normaler Franzose? Aber irgendwie krieg ich das schon hin …«

»Okay«, sagt Matteo und zeigt hinter sich. »Komm, wir gehen.« Vorsichtig hebelt er das kleine Fenster mitsamt Rahmen aus den Scharnieren und legt es außen aufs Dach.

Nachdem die beiden hindurchgeklettert sind und Matteo das Fenster wieder ordentlich in sein Bett aus bröckeligem Kitt gestellt hat, stehen sie ein wenig unschlüssig in der kalten Nachtluft. Unter ihnen breitet sich das Lichtermeer der Großstadt aus.

»Also, du weißt ja, ich muss da lang«, sagt Valérie und nickt Richtung Eiffelturm. »Wo wohnst du überhaupt?«

»Mal hier, mal dort«, erwidert Matteo ausweichend. Er schlägt den Mantelkragen hoch und zieht die Mütze über die Ohren. »Steife Brise«, sagt er fröstelnd.

»Du kannst leider nicht bei mir übernachten, sonst könntest du natürlich bei mir übernachten«, erklärt Valérie entschuldigend.

»Klar, versteh ich«, erwidert Matteo. »Soll ich dich nach Hause bringen?«

»Glaubst du, ich schaff das nicht allein?«, frotzelt Valérie.

»*Bien sûr, mademoiselle*, aber ich mach's trotzdem. Da lang bitte.« Matteo deutet mit großer Geste auf die Rückwand des Hauses und als Valérie sich über die Kante beugt, kann sie die Abstiegsroute zwischen den Klimaanlagenkästen, Erkern, Vorsprüngen und Regenrohren fast wie mit dem Rotstift gezeichnet vor sich sehen.

»Ich geh vor«, bestimmt sie. Sie stülpt ihre Taschen nach außen und lässt die letzten Reste Magnesia in ihre Hände rieseln.

Die Hälfte gibt Valérie an Matteo weiter, der begeistert in die Hände klatscht.

»Wow, tolle Wolke, guck mal gegen das Mondlicht«, ruft er begeistert und Valérie lacht.

Die beiden legen den Abstieg schweigend zurück, zu sehr müssen sie sich aufs Klettern konzentrieren. Doch auch auf der Straße laufen sie ohne Worte nebeneinanderher, jeder ist in seine eigenen Gedanken vertieft.

»Wir machen genau die gleichen Riesenschritte«, sagt Valérie irgendwann und reicht Matteo sein Taschentuch zurück, nur Sekundenbruchteile bevor dieser niesen muss und schniefend die Nase hochzieht.

»Hab kein sauberes«, sagt Valérie entschuldigend und Matteo schnäuzt hinein.

»Taubenallergie«, sagt er. »Wie machst du das bloß?«

»Ich mach's einfach«, erwidert Valérie. Vor der kleinen Gasse zum Dachhaus bleibt sie stehen. »Bis morgen dann?«, fragt sie. »Am Obélisque, Place de la Concorde?«

Matteo schüttelt den Kopf.

»Nö«, sagt er. »Ich warte hier auf dich, komm einfach runter, wenn du fertig bist …« Er dreht sich um und geht davon. »*Salut*!«, ruft er über die Schulter zurück.

»*Salut*«, murmelt Valérie und huscht in das Sträßchen.

Dort kann sie es sich einfach nicht länger verkneifen, ballt die Fäuste und schüttelt sie in Siegerpose, als hätte sie gerade eine Medaille gewonnen. »Ich habe einen Freund«, flüstert sie ins Dunkle. »Aber nein, nein, nicht so einen wie aus dem Herzchen-Buch«, erklärt sie den Wänden, »einen echten. Einen *ami*, einen Kumpel.«

Valéries Herz macht einen blubbrigen Hüpfer, als sie sich an den letzten Aufstieg der Nacht macht, um durch den Geheimeinstieg in ihr schwebendes Zimmer zu gelangen.

Und schon bevor sie sich überhaupt durch das Loch gequetscht hat, hört sie das brummelnde Schnarchen ihres Vaters.

Sie verstaut die Bodenplatten, öffnet die Bauchtasche und hebt das schlummernde Mäusepärchen heraus. Kopf an Fuß und beide mit dem Mäuseschwanz des anderen wie ein Kuscheltier im Arm, liegen sie auf ihrer Handfläche.

»*Bonne nuit*«, flüstert Valérie und legt sie sachte in ihr Haus.

Als sie sich das Kleid über den Kopf streift, rümpft sie die Nase.

»Schweißtreibend, meine liebe Valérie, du hast einen anstrengenden Job. Ich schätze, du brauchst eine Mitternachtsdusche.« Sie wickelt sich in ein Handtuch und durchquert den Raum. »Klo, Papa«, sagt sie, noch bevor Gustave auch nur ein Auge geöffnet hat.

»*Bon*«, murmelt Gustave und schläft weiter.

Kurz bevor Valérie ins Bett geht, schlingt sie einen Wollfaden um den Knöchel ihres Vaters und verbindet ihn mit ihrem eigenen. So kann Gustave nicht unbemerkt zur »Arbeit« gehen, ohne dass Valérie mit ihm gesprochen hat. Dass Gustave eine Weile von der Bildfläche verschwinden muss, wird er ganz sicher nicht einfach so hinnehmen.

»*Aïe*«, ächzt Valérie und wickelt sich seufzend in die Decke, »das wird 'ne harte Nuss …«

Doch noch bevor sie sich weitere Sorgen machen kann, ist sie auch schon eingeschlummert und schläft so tief und traumlos wie schon lange nicht mehr.

Am Morgen wird sie von einem ruckartigen Zupfen am Bein und einem überraschten Ausruf geweckt.

»Na, hallo«, ruft Gustave lachend und steckt seinen Kopf durch den Vorhang. »Haben wir den 1. April?«

Valérie reibt sich die Augen. Sie hat das Gefühl, gerade erst eingeschlafen zu sein.

Gustave schlüpft aus der Wollschlinge und Madame Macaron beginnt ausgelassen damit zu spielen. Valérie wickelt den Faden langsam auf und lockt Madame Macaron damit aufs Bett.

»Hab ich dich!«, ruft sie und drückt die Katze an sich. Dann geht sie zu ihrem Vater hinüber. »Wir müssen was besprechen, Papsi«, kündigt sie an.

Gustave wuschelt sich durch die Haare und zieht eine Grimasse.

»Mist«, sagt er. »Wusste ich's doch. Immer wenn du Papsi sagst, wird's ernst. Wir wollten die ganze Sache doch vergessen, oder nicht? Schau, Spatz, ich bring die dämliche Karte zurück, okay?« Gustave sieht sie zerknirscht an. »Aber jetzt brauch ich erst mal 'nen Kaffee, bevor du anfängst zu schimpfen.« Er füllt die Rakete. »Heute gibt's total umweltschädliche Sahneportionsdöschen aus der Caféteria vom ... ach egal, jedenfalls ist die Milch aus«, sagt er und lässt ein paar Kaffeesahnebecherchen auf den Tisch fallen.

Nachdem Valérie vier in ihren Becher gekippt und einen

großen Löffel Zucker untergerührt hat, pustet sie auf die hellbraune Oberfläche.

»Papa, *nous sommes dans la merde jusqu'au cou.* Wir sitzen bis zum Hals in der … na, du weißt schon …«, sagt sie.

Gustave stellt langsam seinen Kaffeebecher ab.

»So schlimm?«

»Schlimmer«, nickt Valérie. »Ganz im Klartext und frei raus: Papa, du musst verschwinden. Dich in Sicherheit bringen. Die Polizei setzt ganz bestimmt alle Hebel in Bewegung, dich zu finden. Und überleg mal, die haben so heftige Technik zur Verfügung. Vielleicht gibt's ja doch eine Kamera, die du nicht bemerkt hast oder was weiß ich. Papsi, hast du nicht einen Cousin auf dem Land?« Valérie muss ein Lächeln unterdrücken, als sie an Matteo denkt.

»Ich soll was?«, ruft Gustave und reißt sie aus ihren Gedanken. »Ich soll wiebitteverdammtnochmal WAS? Dich hier allein lassen? Mich selbst in Sicherheit bringen, obwohl ich es war, der uns in Gefahr gebracht hat? In welche Gefahr eigentlich konkret? Sie suchen doch nach einer intergalaktischen Bande!«

»Warte mal, Papa«, sagt Valérie beschwichtigend. »Hör mir erst mal zu. Ich versteh dich ja, aber wir müssen dringend alles rückgängig machen. Egal wen die jetzt erst mal verdächtigen. Ich habe mir überlegt, dass ich die Karte einfach zurückbringe.« Valérie deutet in Richtung der ausgetauschten Karte. »Aber dafür brauche ich Zeit. Weißt du, noch ist im Museum ganz sicher alles voller Polizei und Spurensicherung und Einsatzkommando und Kunstexperten und Nachrichtenleuten und Fernsehwagen«, fantasiert Valérie. »Aber ich krieg das schon hin. Dann wird die Karte gefunden, alle glauben, sie ist gar nicht gestohlen worden, und jeder redet nur noch von der Blamage des Museums, in dem es um verlorene Schätze geht und die als Allererstes selbst eine Schatzkarte verlieren und so weiter und so weiter …«

Gustave grinst. »Ein gefundenes Fressen für die Presse. Sie werden sich mit Wortspielen überschlagen und –«

»Papa«, unterbricht ihn Valérie. »Es ist echt ernst. Verstehst du? Wenn sie dir auf die Schliche kommen, bevor ich das regeln kann, kommst du ins Gefängnis.« Valérie sieht ihren Vater eindringlich an. »Und was geschieht dann mit mir? Die rufen das Jugendamt und ich muss in ein Kinderheim! Die rollen unseren ganzen Fall auf und stellen Fragen, wie es überhaupt dazu kommen konnte, dass du mich nicht registriert hast, dass ich nicht in die Schule gehe und so weiter! Die denken noch, du hättest mich entführt!« Valérie bekommt eine Gänsehaut bei der Vorstellung, und ihr Vater vergräbt entsetzt den Kopf in den Händen.

»He«, sagt Valérie und streichelt ihm über den Arm. »Ich komme auch nach, versprochen. Sobald sich die Wogen geglättet haben. Und dann machen wir Urlaub. Richtige Ferien, hm? Ich glaube, die Polizei sucht sowieso längst nach einem Einzeltäter, dieses Bandengeschwafel haben sie wahrscheinlich nur verbreitet, weil alles andere zu peinlich gewesen wäre. Ups«, fügt sie hinzu, als ihr aufgeht, was sie da gerade gesagt hat.

»Du meinst wohl«, schmunzelt Gustave unglücklich, »dass jemandem wie mir so was gelungen ist?«

Valérie trinkt von ihrem Kaffee. »Aber nein«, murmelt sie dumpf in den Becher.

»Schon gut«, Gustave winkt ab. »Hast ja recht.«

»Also?« Valérie sieht ihren Vater an. »Wann brichst du auf?«

Es wird still im geheimen Haus auf dem Dach. Nur Madame Macarons Schleckgeräusch bei der Fellpflege ist zu hören.

»Es ist ganz genau so, wie du es sagst?«, hakt Gustave nach und Valérie nickt nachdrücklich.

Unter dem Tisch hat sie die Finger gekreuzt, obwohl das eigentlich nicht nötig wäre. Im Grunde hat sie nicht gelogen, wenn man Polizei durch Rabraqueur ersetzt, und Kinderheim und Gefängnis durch Kerker, dann entspricht alles der reinsten Wahrheit. Und die Gefahr einer Entdeckung durch die Polizei wird auch immer akuter, wenn Valérie so darüber nachdenkt …

Gustave rauft sich die Haare. Dann steht er auf und holt ein kleines Notizbuch aus der Schublade. Er reißt ganz hinten eine Seite heraus, blättert anschließend nach vorne und notiert eine Adresse.

»Erinnerst du dich an Stéphane?« Gustave gebärdet: »Guten Morgen, ein Baguette bitte« und Valérie nickt. Wie könnte sie Stéphane vergessen. »Er hat in Giverny die Bäckerei seiner Eltern übernommen. In zehn Tagen bist du da. Von jetzt an gerechnet.« Gustave sieht auf die Wanduhr. »Das ist also spätestens am Samstag, elfter Mai, neun Uhr achtzehn. Reicht dir die Zeit? Also mir reicht sie. Länger halte ich es nicht ohne dich aus. Hier«, sagt er und reicht seiner Tochter das Papier mit der Adresse. Dann geht er um den Tisch herum und zieht sie an sich. »Wir müssen das sehr schnell hinter uns bringen, den Abschied, meine ich.« Gustave drückt Valérie so heftig an seine Brust, dass sie Mühe hat, Luft zu bekommen. Bei den nächsten Worten klingt Gustaves Stimme belegt. »Tochter«, sagt er und Valérie wird schwer ums Herz. »Ich vertraue dir vollkommen. Und ich liebe dich. Und es tut mir alles sehr leid. Pass bitte auf dich auf. Ich tauche nur unter, weil ich glaube, die Gefahr, dass die Polizei unser geheimes Leben auffliegen lassen könnte, größer ist, als dass dir was passiert, während du die Karte zurückbringst. Sei vorsichtig, versprich mir das!«

Valérie kommen die Tränen und sie schmiegt ihren Kopf an seinen Pullover. Die Wolle ist rau und weich zugleich und riecht so heimelig nach Papa, dass Valérie die Zähne zusammenbeißen muss, um nicht zu weinen.

»Ich pass auf mich auf«, verspricht sie. »Und dass du mir in Giverny keinen Unsinn anstellst. Lern lieber, wie man kleine Brötchen backt.«

Da prustet Gustave los und hält Valérie auf Armeslänge von sich.

»*Chapeau*, erstklassiges Wortspiel, meine Kleine.« Verstohlen wischt er sich eine Träne aus dem Auge.

»Kann ich deinen Pullover haben?«, fragt Valérie.

Gustave pellt sich aus dem Kleidungsstück und legt es über den Sessel. So schnell sie kann, zieht Valérie sich an, setzt die Mäuse in die Tasche und schlüpft in den Pullover.

»*Au revoir*, Papa«, sagt sie und geht zur Tür. »Ich geh lieber, bevor du –«

»Ja, tu das. *A plus, ma puce*«, erwidert Gustave leise und Valérie eilt übers Dach davon.

»*Mon Dieu*«, japst sie, als sie auf der Straße steht. Dann lehnt sie sich für einen kurzen Moment an eine Hauswand und lässt ihren Tränen freien Lauf. Die Welt verschwimmt vor ihren Augen, als sie jemand an der Schulter berührt.

»Da«, sagt Matteo und hält ihr einen To-go-Becher mit frischem Fruchtsalat hin. Auf dem Plastik haben sich

Wassertropfen gebildet und Valérie drückt sich den eiskalten Becher an die rote Wange.

»Nimm meinen auch noch«, bietet Matteo an.

»Danke«, sagt sie.

»Gabel gibt's leider keine dazu«, räumt Matteo ein.

Valérie zieht zwei Haarnadeln aus dem eilig zusammengewurschtelten Haarknoten hervor und gibt Matteo eine.

»Lecker, oder?«, fragt Matteo, als sie eine Weile nebeneinander hergelaufen sind und Obststücke aufgepikt haben.

»Es hat geklappt«, sagt Valérie und schnieft. »Ich musste Papa versprechen, dass ich in sieben Tagen in Giverny bin. Also wir.« Valérie sieht Matteo an. »Zum Glück musste ich eben heulen, so hab ich keine Zeit gehabt, mir Sorgen zu machen, ob du überhaupt auftauchen würdest.«

Matteo bleibt stehen.

»Hallo?!«, sagt er entrüstet. »Ich hab sogar 'nen Obstladen für dich überfallen.«

Valérie grinst. »Schmeckt echt super.« Sie kommen an einem alten Eisentor vorbei, hinter dem sich der Gästegarten eines kleinen, exquisiten Hotels befindet. »Komm, wir besprechen den Plan hier. Auf dem Vendôme sind viel zu viele Touristen.«

»Und neugierige Lauscher«, ergänzt Matteo und stellt sich so vor Valérie, dass niemand sehen kann, wie sie das Schloss mit ihrer Haarnadel öffnet.

Valérie steuert zielstrebig auf eine riesige Trauerweide zu.

»Ich glaube«, sagt sie und schlüpft zwischen den Ästen hindurch, »es weiß überhaupt niemand, dass hier drunter eine Bank steht.«

Matteo nimmt auf der Rückenlehne Platz.

»Voll die Landluft hier«, stellt er fest, trinkt den Rest Fruchtsaft aus dem Becher und steckt ihn in die Manteltasche.

Valérie schlägt die Klappe der Tasche auf und sogleich recken Edith und Piaf ihre Schnauzen heraus.

»Schön hier«, lobt Edith, obwohl ihr Blick nur an Matteo hängt.

Piaf stupst seine Frau an. »So hübsch ist er auch wieder nicht«, wispert er, und Matteo fällt vor Lachen beinahe von der Bank.

»Wollt ihr spazieren gehen?«, fragt Valérie und hebt die Mäuse ins Gras. »Aber bleibt in der Nähe, wo ich euch sehen kann.« Sie lächelt verlegen. »Ich bin total die besorgte Mäusemama«, gesteht sie.

Dann besprechen sie verschiedene Möglichkeiten, wie sie Rabraqueur in die Falle locken können.

»Wir provozieren ihn. Noch mehr, als ihn dieser Raub schon provoziert hat«, fasst Valérie zusammen.

»Ja, wir brauchen einen neuen Einbruch. Und zwar noch spektakulärer als der vorherige. Und dann noch einen und noch einen, so lang, bis er persönlich an den Tatorten erscheint, um nach Spuren zu suchen, die ihn zu Gustave führen könnten – beziehungsweise zu uns!«

»Und dann schnappt die Falle zu!«, ruft Matteo.

»Ist jetzt nur noch die klitzekleine Frage zu klären: Wie und welche?«, sagt Valérie.

»Wir improvisieren«, schlägt Matteo vor.

»Na, ich weiß nicht … Und wie sollen wir Rabraqueur klarmachen, dass es wirklich Gustave ist, dem er auf der Spur ist? Es könnte ja auch ein anderer Dieb sein, der die Einbrüche ungenehmigt –«

»Nee, erstens hat er das Foto, er ist sich bestimmt so gut wie sicher, dass hinter dem Einbruch Gustave steckt. Und zweitens, weißt du, wie viele Menschen dem *IVM* schon entkommen sind?«, unterbricht sie Matteo. »Genau eine Handvoll«, erwidert er, als Valérie den Kopf schüttelt. »Du, dein Vater, deine Mutter, zwei weitere Männer und na ja, ich jetzt auch.«

»Meine Mutter?« Valérie springt so abrupt auf, dass die Bank ins Ungleichgewicht gerät und mit Matteo nach hinten kippt.

»'tschuldigung, hast du dir wehgetan?«, ruft Valérie, zerrt Matteo nach oben und stellt die Bank auf.

»Alles gut.« Matteo setzt sich wieder und fährt sich verlegen durch die Haare.

»Was … was … was hast du da gerade wegen meiner Mutter gesagt?«, wiederholt Valérie.

Matteo zuckt entschuldigend mit den Schultern.

»Ich weiß nicht, was mit ihr ist, ich weiß nur, dass sie auch auf Rabraqueurs Liste steht. An zweiter Stelle.«

»Aber … aber … aber Papa hat immer gesagt, seine Häscher hätten sie … umgebracht«, wispert Valérie.

Matteo runzelt die Stirn.

»Na ja, das tut mir jetzt leid. Aber irgendwann stand deine Mutter nun mal drauf und vorher stand sie nicht drauf. Mehr weiß ich nicht. Die beiden anderen Männer waren übrigens irgendwann durchgestrichen …«

In Valérie tobt ein Sturm. Es-könnte-also-sein-dass …, es-könnte-also-sein-dass …, wispern ihre Gedanken ununterbrochen.

Matteo rüttelt Valérie an der Schulter. »Nein, warte, du darfst jetzt nicht denken, was wäre wenn, okay? Im Moment ist nur wichtig, dass Rabraqueur euch nicht schnappt, hörst du?« Matteo schüttelt sie stärker.

»Ja«, sagt Valérie schwach. »*Uns* nicht schnappt. Dich und mich und Papa.«

»Also los, wir kundschaften das nächste Objekt aus«, sagt Matteo. »Viel Zeit haben wir ja nicht, bis du bei deinem Papa in Giverny sein musst … Und du willst doch das Foto zurück, oder nicht? Wir haben nur eine Chance, und zwar wenn wir Rabraqueur auftreiben. Dafür müssen wir ihn erst anlocken.«

»Abgemacht«, stimmt Valérie zu und ruft nach den Mäusen.

Sie müssen es versuchen, was sollen sie sonst tun? Einfach warten, bis Rabraqueurs Spione *ihnen* auf die Spur kommen? Nein, das ist ja wohl überhaupt keine Option.

Kapitel 11

Valérie zeigt die Straße hinunter.

»Wir gehen da lang«, sagt sie und läuft los.

»Was liegt am Ende von ›da lang‹?« Matteo wirft die Becher in einen Mülleimer.

»Das *Musée de la Ville*«, erklärt Valérie. »Es ist perfekt für … unseren Plan. Drei Vorteile, erstens: Es hat bis Mitternacht geöffnet«, Valérie senkt die Stimme, »sodass wir uns schon mal den Einbruch sparen können, weil wir einfach als ganz normale Besucher reingehen und dann drinbleiben. Und zweitens gibt's dort eine Sonderausstellung mit französischer Malerei aus Neunzehnhundert rum.«

»Wow«, sagt Matteo beeindruckt. »Bist du 'ne Kunstkennerin?«

Valérie grinst. »Bisschen vielleicht. Kommt vom Job. Wo Museen, da Touristen, da Diebe, da ich. Sie haben dort Gemälde von Picasso, Matisse und dings, Milani, nee, Modilani, Modigliani, jetzt hab ich's. Sehr wertvoll. Dreißig pro Bild bestimmt«, flüstert sie.

»Dreißigtausend Euro«, staunt Matteo. »Nicht schlecht!«

»Dreißig *Millionen*«, ruft Valérie lachend. »Wir nehmen jeder eins, okay?«

Matteo bildet mit den Händen einen riesigen Rahmen und tut so, als ob er hundert Kilo schleppen müsste.

»Nee«, sagt Valérie, »Kleinformate. Die kriegen wir in den Rucksack. Das war übrigens der dritte Vorteil.«

»Wow, das duftet ja hier!«, ruft Matteo unvermittelt. »Wartest du kurz auf mich?«

Er holt einen Stadtplan aus der Manteltasche und betritt die *Pâtisserie Viennoise.*

Neugierig beobachtet Valérie durch die Scheibe, wie Matteo sich zwischen den Leuten hindurchschlängelt. Nach kurzer Zeit kommt er wieder heraus und läuft zielstrebig an Valérie vorbei, vertieft in seinen Stadtplan.

Valérie geht ihm zügig nach und gesellt sich ein paar Straßen weiter zu ihm.

»Ich hatte mich verlaufen und meine Eltern verloren«, erklärt Matteo sein Vorgehen, ohne dass Valérie nachfragen muss und zieht ein großes Baguette mit Speck und eine Tüte bunter Macarons unter dem Mantel hervor.

Erst jetzt merkt Valérie, wie hungrig sie eigentlich ist, und seufzt. Die Sonne scheint und schenkt Paris einen wunderschönen Tag. Sie könnten in ein Café gehen, die kleinen Läden und Buden durchstöbern, sich an die Seine setzen und die Schiffe beobachten. Sie könnten *normal* sein. Valérie sieht Matteo an.

»Diese Sache – die ist real, oder? Hundertprozentig? Wir bilden uns das nicht ein, weil wir verrü… Matteo?« Valérie stutzt. »Was ist los?«

Mit Matteo ist eine seltsame Veränderung vor sich gegangen, während sie geredet hat. Doch noch bevor Valérie nachfragen kann, hat er sie schon in eine winzige Gasse gezogen. Seine Schritte wirken seltsam langsam und steif.

»Verdammt«, flucht er. »Wir müssen weg!«

Doch Valérie kann nicht. Urplötzlich wird sie von einer Welle aus Angst überschwemmt, die ihr das Atmen schwer macht, obwohl ihr Herz zu rasen begonnen hat.

»Was … was …?«, japst sie.

Doch Matteo antwortet nicht. Er starrt hilflos an sich hinab.

»*Merde*«, stößt er hervor. »Ich kann mich kaum noch bewegen.«

In Valéries Magen breitet sich ein flaues Gefühl aus. Speichel schießt ihr in den Mund.

»Ich glaub, ich muss mich übergeben«, keucht sie und beugt sich vor. »Bestimmt war der Obstsalat schlecht«, presst sie hervor, doch Matteo schüttelt den Kopf. Langsam und mühevoll, als wäre er unter Wasser.

»Valérie, nein, hör mir zu, das sind die Wächter!«, sagt er, und Valérie wird von einer neuen Welle Übelkeit überrollt. »Wir müssen hier weg!«

In diesem Moment huscht ein Schatten am Eingang der kleinen Gasse vorbei. Valérie unterdrückt einen Aufschrei und presst sich gegen Matteo, um ihn an die Wand zu drücken. Hilflos halten sie den Atem an, und nur wenige Sekunden später folgt der zweite Schatten. Valérie und Matteo starren auf den hellen Lichtfleck.

»Sie haben uns nicht gesehen«, wispert Valérie.

Matteo schüttelt mühsam den Kopf. »Aber gespürt. Die spüren einen irgendwie. Der kommt zurück, ich schwör's dir.«

Valérie greift nach Matteos Arm und hakt sich unter. Das elende Gefühl lässt ihre Knie zittern, doch darauf kann sie jetzt keine Rücksicht nehmen.

»Ich zieh dich mit mir«, flüstert sie und geht los.

Matteo schleppt sich mühsam Schritt für Schritt tiefer in die kleine Gasse.

Wahllos drückt Valérie die Türklinken rechts und links des schmalen Sträßchens runter. Es ist kaum zwei Meter breit und Valérie und Matteo stolpern über das unregelmäßige Kopfsteinpflaster.

»Wir sind in der Impasse Poule, eine Sackgasse, die schmalste Straße von Paris«, flüstert Valérie. »Wir müssen entweder auf die Dächer flüchten oder uns verstecken.«

Ein Paar tritt in die Gasse und beginnt Fotos zu machen, als hinter ihnen auf der Straße ein Mann stehen bleibt und ebenfalls in die Gasse linst.

Matteo erstarrt und Valérie sieht sich panisch um. Das Pärchen gibt ihnen nur noch wenige Sekunden Deckung, sie muss eine Lösung finden. Valérie dreht sich von rechts nach links. Dort, die Nische neben dem kleinen Wintergarten, das könnte funktionieren. Sie greift hinter sich und bekommt Matteos Hand zu fassen. Als sie ihn mit aller Kraft mit sich ziehen will, kommt sie ins Straucheln, weil Matteo plötzlich keinen Widerstand mehr leistet.

»Es geht wieder!«, japst er und Valérie lässt seine Hand los.

»Dann schnell hoch«, zischt sie und erklimmt einen Vorsprung.

»Jetzt nicht mehr!« Matteo steht wie festgefroren da. Selbst sein Gesicht scheint erstarrt.

Inzwischen haben die Touristen genug Fotos gemacht und der unheimliche Mann schlendert in ihre Richtung. Nach ein paar Metern lehnt er sich an eine Hauswand und steckt sich eine Zigarette an. Dabei verfolgt er jeden vorbeilaufenden Passanten mit seinen Blicken und pustet den Rauch in die Gasse.

Valérie macht sich so klein wie möglich und huscht auf Matteo zu.

»Eben hat's doch funktioniert«, flucht sie und ergreift seine Hand. Augenblicklich kann sich Matteo bewegen. Die beiden wechseln einen Blick.

Dann pirschen sie sich geduckt noch tiefer in die Gasse.

»Schaffen wir das?«, flüstert sie Matteo zu, als sie ein Sims entdeckt hat, von dem aus sie nach oben klettern könnten.

Matteo nickt, und schweigend beginnen sie mit dem Aufstieg. Nach wenigen Metern werden ihre Bewegungen immer geschmeidiger, obwohl sie sich nach wie vor an den Händen halten. Und gerade als sie aus dem schattigen Teil der Mauer auf die sonnenbeschienene Fassade wechseln, kommt auch der zweite Wächter zurück. Der Mann wirft seine Zigarette aufs Pflaster und gemeinsam inspizieren Rabraqueurs Wächter die Impasse Poule.

Aber Valérie und Matteo haben bereits das Dach erreicht und rennen los. Je weiter sie sich von der Gasse entfernen, desto leichter kann Valérie wieder atmen. Sie laufen bis ans Ende des Häuserblocks und bleiben auf einer verbotenen Dachterrasse stehen, die es überall in Paris gibt. Jemand hat sich Kräutertöpfe, einen Grill und zwei Liegestühle aufs Dach gestellt, fast wie Valérie das von zu Hause kennt. Schnaufend lassen sich die beiden hineinfallen.

»Das war gruselig«, japst Valérie.

»Zum Glück hab ich den Proviant nicht verloren«, keucht Matteo und Valérie muss vor lauter Erleichterung kichern.

»Ja, klar, Hauptsache, du hast den Proviant nicht verloren«, sagt sie, fasst in die Tüte, wählt ein rotes Macaron und steckt es sich komplett in den Mund.

Auch Matteo greift zu.

»Also, ich will ja nicht klingen wie aus 'nem Film oder so, aber das war doch total magisch, oder nicht? Wir haben den blöden Mistzauber voll aufgelöst! Kaum haben sich unsere Hände berührt, war alles okay!«, ruft er kauend.

Valérie steht auf. »Ihr Misttypen, ihr, wir haben euch ausgetrickst, wir haben ein Gegengift!«, schreit sie in den blauen Himmel.

Matteo lacht. »Genau!«, brüllt er.

Dann werden sie wieder ernst.

»Wir wären total am Arsch gewesen«, sagt Valérie. »Sorry, das darf ich sonst nicht sagen, aber Papa …«, sie seufzt, »… na ja, er hört mich ja nicht. Wir wären voll am Arsch gewesen, weil sie die Gasse durchkämmt haben. Zum Glück war der eine ein Raucher und brauchte 'ne Zigarette!«

Grinsend mampfen sie sich durch das bunte Gebäck und teilen sich anschließend das Speckbrot.

»Es heißt doch immer ›Rauchen schadet Ihrer Gesundheit‹. Kommt ganz drauf an, also unserer hat es genutzt!« Matteo lacht laut los.

»Gehen wir?«, fragt Valérie, als alles aufgegessen ist. »Wir haben schließlich einen Kunstraub zu planen.«

»Treppenhaus oder Fassade?« Matteo steht auf und streckt sich.

»Das fragst du eine Freeclimberin?«, erwidert Valérie, geht zur Dachkante, legt sich auf den Bauch und lässt sich langsam hinunter. »Wer zuerst unten ist …«, ruft sie grinsend und ist schon verschwunden.

»Abgemacht!« Matteo öffnet die Dachluke und stürmt das Treppenhaus hinab.

Als es abends Zeit wird, ins Museum aufzubrechen, ist Matteo kaum wiederzuerkennen.

Mit Hornbrille, Flaumbart, Hemd und Krawatte sieht Matteo nun aus wie ein junger Professor der *Université Sorbonne*. Valérie reicht ihm noch Handschuhe, weil sie in einer Autobiografie eines Detektivs mal gelesen hat, dass Anfänger beim Verkleiden oft die Hände vergessen, da sie mehr über jemanden verraten, als man denkt.

»Und ich geh als Valérie, man sieht mich ja sowieso nicht richtig«, sagt Valérie und zieht die Weste übers Kleid, an der sie den ganzen Nachmittag genäht hat. Da in Museen nur kleinere Umhängetaschen erlaubt sind, ist sie auf die Idee gekommen, in ihr Rückenfutter eine Tasche einzunähen, die groß genug für zwei Gemälde ist. »Westenrucksack, gute Erfindung«, murmelt sie stolz. Dann zieht sie Gustaves Glückspullover über. »Und ihr zwei«, Valérie gibt

Edith und Piaf ein Küsschen, füllt frisches Wasser und ihr Lieblingsmüsli in die Futterschälchen, »dürft heute mal zu Hause bleiben. Sturmfreie Bude!«

»*Bonne chance*, viel Glück!«, rufen die Mäuse, während Madame Macaron Valérie und Matteo noch bis zur Dachkante begleitet.

»Bei mir guckt sie beim Abschied nie so besorgt«, kichert Valérie.

Die Sonne ist schon untergegangen, doch es sind immer noch viele Besucher im Foyer, als die beiden für die Eintrittskarten anstehen.

»Okay«, wiederholt Matteo den Zeitablauf, »wir sehen uns im Ostflügel. Um 23 Uhr, *Palais de Tokyo,* wo die Bilder hängen.«

»Ich stecke dir dort den Zettel zu, auf den ich geschrieben habe, wo wir uns verstecken können, bis das Museum schließt«, erwidert Valérie. »Spürst du immer noch keinen Wächter?«, fragt sie, doch Matteo schüttelt den Kopf.

Valérie atmet erleichtert auf.

»Ich auch nicht, vielleicht haben wir ja Glück«, sagt sie und dann mischen sich die beiden unter die Besucher und gehen in unterschiedlichen Richtungen davon.

Was jedoch unbefangen und leicht aussehen mag, ist in Wahrheit das genaue Gegenteil. Valérie scannt die Umgebung noch genauer und aufmerksamer als sonst. Deshalb entgeht ihr auch nicht die Taschendiebin, der sie den Geldbeutel eines älteren Herren zurückklaut, der durch die Bedienung des Audio-Guide-Geräts abgelenkt ist. Sie entwendet ihr ebenso die Börse eines jungen Typen, der versucht, sich möglichst lässig vor einer modernen Skulptur für ein Selfie in Pose zu bringen.

Und noch etwas bleibt Valérie auf der Suche nach einem geeigneten Versteck nicht verborgen: Sie sind doch nicht allein. Der Kloß in ihrem Hals macht sich wieder bemerkbar. Ein *IVM*-Wächter muss als Besucher getarnt hier herumschleichen – doch diesmal fühlt sich seine Anwesenheit an wie ein banger Gedanke, der einen unerwartet erschaudern lässt. Scheußlich, aber irgendwie mild.

»Er sucht nach einem Mann. Er sucht nicht nach mir. Er weiß nicht, wie ich aussehe, und er weiß nicht, dass ich überhaupt hier bin. Und Matteo ist verkleidet. Gestern im Schatzkartenmuseum haben sie ihn nicht gesehen. Sie wissen auch nicht, dass er hier ist. Es kann uns nichts passieren«, murmelt sie immerzu vor sich hin. Ein wenig hilft das, aber Valéries Hände zittern trotzdem, als sie in einem Seitengang den kleinen Raum für die Reinigungskräfte entdeckt und prüfend über das Türschloss streicht. Doch dann nickt sie zufrieden. Ja, hier können sie sich verstecken, bis das Museum um Mitternacht schließt. Kurz darauf betritt sie die Damentoilette, setzt sich auf den Toilettendeckel und kritzelt das Stockwerk und die Raumnummer des ausgekundschafteten Treffpunkts auf einen Zettel.

»So, next step: Fluchtweg klarmachen.«

Valérie erklimmt den Spülkasten. Das kleine Fenster hoch oben unter der Decke ist trotzdem zu weit weg.

Für andere nicht. Für sie schon.

Valérie holt zwei Saugnapfhaken aus ihrem Täschchen, die sie so weit oben an die Kabinenwand klippt, wie es geht. Dann hält sie sich mit den Fingern daran fest und stemmt die Sohlen der Sneakers an die Wände. Wie ein X hängt sie nun an der Wand und zieht sich zentimeterweise höher. Sie versetzt die Haken abermals und erreicht das Fenster. Es hat einen Drehverschluss, mit dem das Reinigungspersonal es mithilfe eines Stabs bequem von unten öffnen kann. Valérie braucht ein wenig, bis sich der Sicherungshaken löst. Ihre Arme brennen und in ihrem Ellenbogen breitet sich ein unangenehmer Schmerz aus, doch da klappt das Fenster endlich auf. Valérie zieht sich hoch und sieht nach unten.

»Nä, geht ja tausend Meter in die Tiefe«, murmelt sie und betrachtet kritisch die glatte Betonwand. »Dann eben nach oben«, murmelt Valérie und schiebt sich noch etwas weiter raus, damit sie sich umdrehen kann. »Perfekt«, sagt sie zufrieden, weil oberhalb des Fensterchens die verschnörkelte, historische Fassade des Gebäudes anfängt. Gleich rechts gibt es eine aufwendige Verzierung, die genügend Halt geben wird, und unmittelbar darüber befinden sich die Simse einer abgestuften Dachumrandung, fast so bequem wie eine Treppe. Valérie plant in Gedanken die Klettertour, bis jemand ungeduldig an die Kabinentür klopft.

»Bin gleich fertig«, ruft Valérie.

Sie drückt die Spülung und eilt hinaus.

Im *Palais de Tokyo* angekommen, bemerkt Valérie sofort, dass Matteo ein wenig unglücklich vor einem Bild steht und ihr flehentliche Blicke zuwirft.

»Die Wächter«, wispert er, als Valérie neben ihm steht. »Ist nicht ganz so schlimm wie in der Gasse, aber nimm mal kurz meine Hand. Sie ist in meiner Tasche …«

Valérie grinst, weil sich das ziemlich lustig anhört und hält eine Weile Matteos Hand, nachdem sie den Zettel in die Tasche seines Jacketts gesteckt hat.

»Geht wieder!«, sagt er und macht einen kleinen erleichterten Hopser.

Valérie muss ein Lachen unterdrücken. Dann schlendert sie an den Gemälden entlang und sucht sich ihr Lieblingsbild aus. Anschließend verlässt sie den Ausstellungsraum und huscht in einem unbeobachteten Moment in das Zwischengeschoss, in dem sich der kleine Personalraum befindet, den sie als Versteck ausgesucht hat. Sie knackt das

Schloss mit dem Dietrich und wartet auf Matteo, der exakt nach den verabredeten zehn Minuten eintrifft.

»Ich hatte voll Panik, dass ich mitten auf dem Weg wieder einfriere«, gibt er zu und quetscht sich in die mit allerlei Reinigungsmaterial, Staubsaugern und Putzmitteln zugestopfte Kammer.

»Dann hätten wir es gemacht wie gestern«, sagt Valérie.

Matteo nickt. »Vielleicht war es auch deswegen schwächer, weil sie uns nicht so nah gekommen sind?«

Valérie zuckt mit den Schultern. »Ich glaube, wir werden allmählich immun. Wie bei 'ner Kinderkrankheit, die man nur einmal bekommt. Und zur Not sagst du mir einfach wieder, wo deine Hand gerade zu finden ist …« Valérie bekommt einen Kicheranfall, reißt ein Staubtuch vom Stapel und drückt es sich vors Gesicht.

»Noch eine Stunde«, sagt sie, als sie sich wieder beruhigt hat und steckt den Dietrich ins Schloss. »So, jetzt kann von außen niemand aufschließen«, erklärt sie.

»Bei den modernen Schlössern schon«, wirft Matteo ein.

Valérie schnappt sich ein Fensterreiniger-Spray und hält es wie eine Waffe vor sich. »Keine Angst, wer hier reinkommt, kriegt eine Ladung ab«, kichert sie.

»Ozean-Brise oder Sommerfrische?«, sagt Matteo lachend. »Also, ich hab mein Bild ausgesucht«, berichtet er dann. »Es ist diese Frau mit dem Fächer. Ich finde, sie sieht aus, als ob sie ein wenig Abwechslung vertragen könnte, oder? Ihre Schultern so, häng, häng und ihre Augen, blinzel, schnarch, ich steeerbe hier vor Langeweile …«

Valérie nickt, ja, Matteo hat das Bild »Dame mit Fächer« von Modigliani ziemlich passend beschrieben.

»Mein Lieblingsbild ist ›Olivenbaum bei L'Estaques‹. Hat mich irgendwie an Papa erinnert und daran, wo er jetzt ist«, sagt Valérie. »Es ist bestimmt schön dort, in Giverny. Wie Urlaub.«

Matteo winkt ab. »Dein Vater ist ein Tüftler, ich hab doch euer Dachhaus gesehen! Ich glaube, er macht keinen Urlaub. Er baut seinem Freund bestimmt den Laden aus oder an oder um.«

Valérie grinst. Es tut gut, sich ihren Vater so vorzustellen, wie Matteo es beschrieben hat. Und es tut auch gut zu hören, dass er so viel von ihm hält. Nachdenklich steckt sie sich eine widerspenstige Locke hinters Ohr.

»Matteo, noch mal wegen der Wächter. Sie sind uns auf der Spur, oder?«, fragt sie. »Ich meine, wie wahrscheinlich ist es, dass ausgerechnet einer dieser Typen im Museum herumschleicht, während wir auch hier sind? Oder vielleicht sind es sogar mehrere. Meinst du, Rabraqueur hat die Stadt überschwemmt, oder so? Das kann doch kein Zufall sein, heute Morgen mitten in der Stadt gleich zwei und jetzt gerade …«

»Hab ich mir auch schon gedacht«, gibt Matteo zu. »Aber wir machen uns am besten im Moment keinen Kopf darüber, abgemacht? Das bringt nichts. Wir müssen uns konzentrieren. Unser Raub wird Rabraqueur provozieren wie nur was. Ich habe vorhin im Prospekt gelesen, dass diese Gemälde wirklich ultraberühmt sind.«

Valérie sieht auf die Uhr, ihr Einsatz kommt näher und das Museum leert sich. Von den Gängen dringen kaum noch Stimmen in ihr Versteck und bald ist das Brummen der Lüftung das einzige Geräusch, das zu hören ist.

»Apropos ultraberühmt ...« Valérie schlüpft aus den Ärmeln des Pullovers, zieht die Weste aus, und zieht sie falsch herum wieder über Gustaves Pullover. Nun liegt die aufgenähte Tasche außen. »Millionenschwere Beute. Und das alles auf meinem Rücken, in meiner selbst genähten Multifunktions-Weste«, sagt sie grinsend.

Endlich ertönt die Lautsprecherdurchsage, die die Besucher auffordert, das Museum innerhalb der nächsten fünfzehn Minuten zu verlassen.

»Wo-ho-hooo ... Bisschen aufgeregt bin ich schon«, wispert Valérie.

Matteo will gerade etwas erwidern, als sich auf dem Gang unvermittelt schwere Schritte nähern.

»*Zut!*«, schimpft Valérie und greift sicherheitshalber nach Matteos Hand.

Eine Männerstimme sagt: »Zentrale, hier alles gecheckt.«

Ein knisterndes »Roger« dringt aus seinem Funkgerät und Valérie stößt die angehaltene Luft wieder aus.

»Ein Wachmann! Alter, mein Herz!«, ächzt sie und Matteo muss sich ziemlich anstrengen, um nicht in Lachen auszubrechen.

Es wird jetzt höchste Zeit für die schwarzen Gesichtsmasken, die sie sich überstülpen und sie in einem Wulst auf die Stirn hochrollen. Wenn es losgeht, werden sie den Stoff mit einem Handgriff nach unten ziehen können.

»Mach ich bloß aus Solidarität«, verkündet Valérie, »mein Gesicht sieht ja niemand so richtig.«

»Sehr nett von dir«, erwidert Matteo ernst und schlüpft in die Handschuhe.

Valérie lächelt. »Spuren?«

Matteo sieht sich um. »Keine«, erwidert er.

Valérie wendet ihm den Rücken zu, damit sie noch mal durchgehen können, wie Matteo die Gemälde verstauen soll.

»Denk dran, du musst die Bilder seitlich in die Tasche stecken, rechts ist die Öffnung, und nicht vergessen, den Reißverschluss zuzumachen«, sagt Valérie.

»Rechts, seitlich, Reißverschluss«, wiederholt Matteo.

»Taschenlampe?«, fragt Valérie.

»Am Start«, erwidert Matteo, knipst sie an und macht die Deckenbeleuchtung aus.

Da hören sie jemanden pfeifen. Rumpelnd nähert sich ein Reinigungswagen.

»Oh nee«, haucht Valérie. »Nicht schon wieder.«

Blitzschnell löschen sie die Taschenlampen und starren in Richtung Tür. Es dauert viel zu lang, bis sich ihre Augen an die Dunkelheit gewöhnt haben. Schon hören sie, wie ein Schlüssel ins Schloss gesteckt wird.

»Schnell«, wispert Matteo, als sie erkennen, dass der Dietrich sich langsam mitzubewegen beginnt.

»*Fichu*, verdammt!«, raunt Valérie und drückt mit der Hand gegen den Dietrich. Nun lässt sich der Schlüssel von außen nicht mehr drehen.

»*Sacrément* noch mal, du saublöde Tür, schon wieder, geh halt auf«, flucht es von der anderen Seite.

»Geh weg, geh weg«, flüstert Valérie und nach ein paar bangen Sekunden scheint es tatsächlich so, als ob der Mann aufgegeben hätte. Klappernd entfernt sich der Wagen.

Doch unmittelbar darauf ertönt eine zweite Stimme.

»*Salut*, Thierry, will sie mal wieder nicht?«, fragt jemand und Valérie sieht vor ihrem inneren Auge den Wachmann von vorhin, der nun seinen Schlüsselbund hervorholt, um dem Reinigungsmann zu helfen.

»Ach, ist immer dasselbe«, kommt die genervte Antwort. »Und wenn im Gang ein Putzwagen steht, bekomme ich Ärger …«

»Warte, wir probieren den Generalschlüssel«, sagt der Wachmann hilfsbereit und Valérie drückt abermals gegen den Dietrich, als der andere Schlüssel ins Schloss gleitet – und diesmal lässt der Mann nicht so schnell locker. Es scheint, als ob die beiden Schlüssel einen Kampf austragen. Wer ist wohl der Stärkere? Valérie beißt die Zähne zusammen.

»Du hast recht, nix zu machen. Lass den Wagen trotzdem hier stehen. Ich rede morgen mit der Chefin«, sagt der Wachmann.

»Puuuhhh«, machen Matteo und Valérie. Behutsam entfernt Valérie den Dietrich.

Die Schritte und Stimmen der Männer werden leiser, als sie sich entfernen. Unmittelbar darauf ertönt der Gong, der die endgültige Schließung des Museums anzeigt, und gleichzeitig damit erlöscht die Beleuchtung des Ganges. Plötzlich ist die Stille fast hörbar.

»Hammer«, wispert Matteo in die Schwärze hinein. »Das war cool.«

Valérie zieht den Dietrich aus dem Schloss.

»Nä«, wispert sie und schüttelt sich. »Ich hatte Angst, dass der Dietrich abbricht. Blöde neumodische Schlösser. Also, wir warten noch ein wenig. Der Wachmann ist nach rechts gegangen, das konnte man hören und das passt perfekt.« Valérie wandert in Gedanken den Gebäudeplan ab. »Auf diesem Weg beginnt er seine Runde im Saal mit der zeitgenössischen Kunst. Dann ist für uns die Luft rein.«

Sie ziehen die Masken vors Gesicht.

»Es geht los«, flüstert Valérie und drückt die Klinke runter.

Kapitel 12

Im Gang ist es dunkel, nur die LEDs in den Wegweisern zu den Notausgängen leuchten.

Valérie und Matteos Augen haben sich in den Minuten des Wartens perfekt an die Dunkelheit gewöhnt, sodass sie keine Taschenlampen mehr benötigen. Mit lautlosen Schritten huschen sie los, immer wieder verharrend und lauschend. Doch das Museum liegt in völliger Stille.

Zielstrebig betreten sie den Saal. Jetzt, bei Dunkelheit, kommen die Bilder Valérie irgendwie einsam vor, wie sie dort hängen, ohne betrachtet zu werden. Für einen kurzen Augenblick stehen beide schweigend und ganz nah vor den von ihnen ausgewählten Bildern.

Dann gibt sich Valérie einen Ruck und zieht die kleine Kneifzange aus der Tasche. Sie hat vorhin gesehen, dass die Gemälde auf der Rückseite mit einem Drahtseil gesichert sind, damit man sie nicht einfach vom Haken nehmen kann. Als sie die Schlaufe durchtrennt hat, reicht sie die Zange an Matteo weiter, und legt beide Hände an den Rahmen, um es herunterzunehmen. Doch in letzter Sekunde hält sie inne.

»Warte!«, raunt sie Matteo zu, der ebenfalls die Sicherung durchtrennt hat und das Gemälde von der Wand nehmen möchte.

»Da ist ein Kontakt!«, zischt sie und linst von unten hinters Bild. »Kam mir gleich komisch vor, dass der Rahmen fast an der Wand klebt! Wenn wir das abnehmen, gibt's einen Alarm, schätze ich mal …« Valérie spürt, wie ihr ein Schweißtropfen an der Nase entlangrinnt und im Stoff der Maske versickert.

Was sollen sie jetzt nur tun? Hektisch sieht Valérie sich um. »Wir brauchen was Flaches aus Metall«, sagt sie. »Das schieben wir dazwischen. Vielleicht können wir so verhindern, dass der Kontakt unterbrochen wird.«

»Als Platzhalter!« Matteo nickt. »Ja, super Idee. Da, der Desinfektionsmittelspender.«

Matteo und Valérie eilen hinüber.

»Wir machen die beiden Platten ab, hier hinten, wo man das Nachfüllzeug reintut. Schnell!«, wispert Matteo, aber Valérie wühlt schon in ihrem Rucksack nach dem passenden Schraubenzieher.

Doch dann schüttelt Matteo den Kopf. »Nee, ich glaube, die sind zu schwer für den Magneten und würden abfallen. Wir brauchen was anderes, kleiner und leichter …«

»'ne Münze!« Valérie sucht in ihren Taschen und findet einen Euro.

»Die sind nur schwach magnetisch«, wispert Matteo und tastet ebenfalls die Taschen ab. »Wir brauchen 1, 2 oder 5 Cent Mü-«

Ein Niesen ertönt auf dem Gang.

»*Merde*, der Wachmann«, kiekst Valérie. »Der sollte doch eigentlich –«

»*Rien à foutre*«, zischt Matteo. »Scheiß drauf. Hilft nichts. Wir sind einfach schneller als er.«

Die beiden rennen zurück zu den Bildern und reißen die Rahmen von der Wand. Kaum haben sich die Kontakte gelöst, ist der Raum auch schon von einem hellen Alarmton erfüllt und eine rote Leuchte über dem Eingang beginnt zu blinken.

»Na super, ganz mein Stil, der reinste Zirkusauftritt, mit Geblinke und Musik«, raunzt Valérie, während Matteo hektisch die Bilder in Valéries geheimer Rückentasche verstaut. Sie sind sperriger als gedacht.

Dann rennen sie los.

Blitzschnell hat sich Valérie eine andere Route ausgedacht. Auf der ursprünglich geplanten würden sie dem Wachmann direkt in die Arme laufen.

Schweißgebadet erreichen sie die WCs und kaum hat Valérie mit der Taschenlampe zwischen den Zähnen mit dem

Aufstieg begonnen, hört man in der Ferne schon die ersten Polizeisirenen.

»Okay, mach schnell, aber langsam«, wispert Matteo von unten und Valérie muss beinahe lachen.

Doch als sie oben angekommen ist und durchs Fenster steigen will, bemerkt sie, dass sie mit der ausgebeulten Rucksackweste nicht hindurchpasst.

Valérie flucht. Die gerahmten Bilder nehmen mehr Platz ein als berechnet und ihr bleibt nichts anderes übrig, als keuchend wieder hinabzusteigen und sich aus der Weste zu schälen.

Schweigend nimmt Matteo ihr die Taschenlampe ab, während Valérie mit fliegenden Fingern eine Schnur aus der Tasche zieht und das Kleidungsstück daran festknotet. Die Sirenen werden immer lauter und nun gehen auch die Lichter des Museums wieder an. Plötzlich stehen Valérie und Matteo in gleißender Helligkeit. Geblendet schließen sie kurz die Augen.

»Das wird knapp«, presst Matteo zwischen zusammengebissenen Zähnen hervor, während er Valérie hinterhersieht, als sie abermals wie eine Eidechse an der Wand nach oben verschwindet.

Sie schiebt sich durchs Fenster und zieht den Beutel mit den Bildern an der Schnur hinauf. Nun passen sie ohne Probleme durch die Öffnung.

»Jetzt du«, wispert Valérie und beobachtet Matteo beim Klettern. »Wir schaffen das«, flüstert sie, als er sich am Fensterbrett hochzieht.

In diesem Moment rutscht Matteo die Taschenlampe aus der Brusttasche, in die er sie vor dem Aufstieg hastig hineingesteckt hat.

Mit lautem Klappern schlägt sie unten auf. Erst auf dem Spülkasten, dann auf dem Toilettendeckel und Boden. Schließlich rollt sie unter der Kabinentür hindurch, schlittert über die Kacheln und knallt gegen die WC-Tür.

»*Merde!*«, schimpft Matteo.

»Da war was!« Die Stimme des Wachmanns klingt so nah, als hätte er genau vor dem WC gestanden.

»Ruhig, ganz ruhig. Ich muss nur kurz was ändern«, flüstert Valérie und knotet eine Schlaufe, damit sie sich den Beutel umhängen kann. Dann erklimmt sie den nächsten Absatz, wo sie wartet, bis Matteo vom Fenster zur Stuckverzierung gelangt ist. Dort angekommen, hört Matteo, wie jemand gegen die geschlossene Kabinentür schlägt.

»Aufmachen! Aufmachen! Hierher zu den Klos! Hier ist jemand!«, brüllt er. »Warum ist die verfluchte Tür zugeschlossen?«

Doch Valérie bekommt davon kaum etwas mit.

Sie ist hoch konzentriert und setzt jeden Schritt bedächtig, damit Matteo ihr zügig und dennoch sicher folgen kann. Was jetzt zählt, ist ihre Sicherheit, ein falscher Handgriff kann den sicheren Tod bedeuten.

Sie schaffen es heil auf das Dach und laufen zur Vorderseite des Museums, dessen riesige, baumstammdicke Prachtsäulen geradezu danach rufen, an ihnen hinabzurutschen. Noch sind hier vorne keine Polizeiwagen zu sehen. Die blauen Lichter kommen vom Seiteneingang, der näher am *Palais de Tokyo,* dem Tatort, liegt.

»Glück!«, sagt Valérie. »Mega Glück! Schnell!«

Zentimeter für Zentimeter überwinden sie den gefährlichen Überhang, um sich dann mit letzter Kraft an die gigantischen Säulen zu klammern, wie Äffchen an ihre Mütter. In diesem Augenblick beginnt der Eiffelturm zu glitzern, und die beiden gleiten im spektakulären Gefunkel des Pariser Wahrzeichens Meter für Meter zu Boden.

Kaum haben sie wieder festen Boden unter den Füßen, als der erste Polizeiwagen auf den Vorplatz einbiegt.

Doch Valérie kennt Paris wie ihre Westentasche, und so befinden sich die beiden kleinen, flinken Gestalten längst auf dem Weg ins verborgene Dachhaus, als den Betroffenen dieses Jahrhundertraubs erst das ganze Ausmaß der Katastrophe klar wird.

Kapitel 13

Es ist fast Mittag, als Valérie am nächsten Tag von Geplapper aus dem Radio geweckt wird.

Gähnend tritt sie durch den Vorhang. Matteo ist längst auf und dreht konzentriert am Sendersuchknopf, während er Edith und Piaf einen Vortrag über Frequenzen und Radiowellen hält.

»Achtung, seht ihr, jetzt hab ich's sauber getroffen«, sagt er gerade und winkt Valérie zu sich. »Neueste Technik, guck …«

Matteo deutet auf einen mit der Antenne verbundenen Draht, der aus dem Fenster hinausführt und draußen an die Zinken eines, aus unerfindlichen Gründen dort stehenden, Laubrechens geknotet ist.

»Schlau!«, sagt Valérie anerkennend.

Dann ächzt sie. Ihr Körper schmerzt vor Muskelkater an jeder erdenklichen Stelle.

»Ich auch«, sagt Matteo und verzieht das Gesicht.

Da entdeckt Valérie die Gemälde auf der Kommode.

»Schön!«, ruft sie.

Die Frau scheint sich nämlich tatsächlich erfreut in ihrem neuen Zuhause umzusehen und die bunte Landschaft um den alten Olivenbaum strahlt.

»Achtung, Nachrichten«, sagt Matteo.

»Au weia«, seufzt Valérie.

»... die Pariser Kunstwelt wird von einem zweiten spektakulären Kunstraub erschüttert«, sagt die Radiosprecherin. »In der vergangenen Nacht ist es Unbekannten gelungen, im *Palais de Tokyo* zwei zeitgenössische Gemälde zu entwenden. Es handelt sich um ›Olivenbaum bei L'Estaque‹ von Georges Braques aus dem Jahr 1907«, Valérie zeigt wie eine Museumsführerin auf das Bild, »und ›Dame mit Fächer‹ von Amedeo Modigliani von 1919«, Valérie deutet auf das andere. »Der Schätzwert der gestohlenen Gemälde liegt bei einhundert Millionen Euro.« Valérie und Matteo sehen sich an und reißen die Augen auf. »Die Auswahl der Bilder lässt auf große Kunst-Kennerschaft schließen«, redet die Sprecherin weiter, »und legt nach Expertenaussagen einen Auftragsdiebstahl nahe. Die Täter gingen mit großer Präzision und Kaltblütigkeit vor.« Valérie und Matteo grinsen. »Bürgermeisterin Hidalgo sorgt sich nun um den Ruf ihrer Stadt als Kunstmetropole. Sie bezeichnete die Diebstähle als ›unerträgliche Anschläge auf das universale Kulturerbe dieser Stadt‹«, fährt die Nachrichtenfrau fort. »Über die Umstände des genauen Tathergangs macht die Polizei derzeit noch keine Angaben. Doch wie schon beim Diebstahl der Schatzkarte aus dem *Musée pour les Aventuriers et Trésors Disparus*, stellt sich die Frage, wie unzulänglich die Kunstschätze dieser Stadt eigentlich gesichert sind. Die Vermutung liegt nahe, dass zwischen beiden Taten ein Zusammenhang besteht. Nach den Tätern wird mit hohem Fahndungsdruck gesucht. Die Beschäftigten des Universitätsklinikums *Hôpital Chochin* …«

Matteo schaltet das Radio aus und fährt sich mit den Händen durch die Haare.

»*Mon Dieu!*« Er strahlt übers ganze Gesicht. »Das ist alles so krass!«, kichert er und dann bekommen die beiden einen Lachanfall, dass ihnen die Tränen in die Augen schießen und sich Valérie stöhnend die Seite hält. »Rabraqueur wird platzen vor Wut. Und wir sind im Moment definitiv die reichsten Kids von Paris«, japst Matteo und Valérie fängt vor lauter Gefühlsdurcheinander an zu weinen.

»Ups«, sagt sie überrascht und Matteo winkt ab.

»Mach ruhig«, sagt er und die Mäuse zupfen hilfsbereit ein Taschentüchlein aus dem Spender.

Dann springen sie auf die Kommode und wuseln um die Gemälde herum.

»Atme tief ein«, sagt Edith zu ihrem Mann. »So riechen einhundert Millionen Euro. Das wirst du so bald nicht mehr zu schnüffeln kriegen. Davon könnten wir uns einen Palast kaufen.«

Piaf runzelt die Stirn und schleckt der Fächerfrau einmal übers Gesicht.

»Nö, ich finde unseren Karton wunderbar.«

Und als Valérie das hört, muss sie gleich noch mal weinen.

Doch in einem anderen Teil der Stadt ist jemandem überhaupt nicht nach Lachanfällen zumute.

Im Gegenteil.

Ein wuchtiger Mann mit grauem Vollbart nähert sich entschlossenen Schrittes dem Museum für Moderne Kunst. Er trägt einen Hut, der ihn noch größer erscheinen lässt, einen Anzug mit hellblauem Hemd, eine dunkle Krawatte und glänzende schwarze Schuhe. Alles an ihm sieht teuer und seriös aus.

Mit ausholenden Bewegungen pflügt er durch die Menge der Schaulustigen und Reporter und tritt den beiden Gendarmen entgegen, die den Eingang bewachen.

»Monsieur Raoul, *Premier Directeur* der Versicherung *Assurance Agence France*, Abteilung Kunst«, stellt er sich vor. »Die Museumsleitung hat mich informiert ... Es geht um einen Versicherungsfall von noch nie da gewesenem Ausmaß. Sie haben sicherlich Verständnis, dass ich mich unverzüglich darum kümmern muss …« Ohne die Antwort abzuwarten, reicht der Mann einem der Gendarmen die Hand. »Danke, dass Sie in diesen gefährlichen Zeiten hier für unser aller Sicherheit sorgen«, sagt Monsieur Raoul und begrüßt auch dessen Kollegen. »Die Bürger dieses Landes sind Ihnen zu Dank verpflichtet …« Dann hebt er das Flatterband, und taucht darunter hindurch.

»*Assurance Agence France*!«, ruft er einem weiteren Polizisten zu, als er die Eingangshalle durchquert und hält dabei einen Plastikausweis hoch.

Beruhigt wendet sich der Polizist wieder seinem Laptop zu.

Rabraqueur schnaubt. »Vollidioten, allesamt.«

Als er heute Morgen von dieser erneuten Ungeheuerlichkeit gehört hat, hätte er seine Wächter am liebsten einen nach dem anderen in den Kerker geworfen. Wie kann man nicht in der Lage sein, einen Stümper wie Gustave aufzuhalten?! Die Wächter besitzen doch schließlich die Macht des Gefrierens. Gustave müsste immer noch hilflos wie ein Denkmal irgendwo herumstehen. Dabei waren sogar zwei Wächter hier. Zwei! Aber sie haben geschworen, dass ihnen nichts aufgefallen sei, und brav um Mitternacht das Museum verlassen, diese elenden Dummköpfe! Aber wie konnte Gustave dieser Raub überhaupt gelingen? Diesem Taugenichts von armseligem Taschendieb! Das tat ja noch viel mehr weh! Von einem Dilettanten hintergangen zu werden!

Schon seine Flucht ist Grund genug für die schlimmste Strafe im Universum, und dann wagt dieser Niemand die Sache mit der Schatzkarte!

Rabraqueur schüttelt wütend seinen hochroten Kopf.

Und jetzt auch noch das hier! Gemälde im Millionenwert! Mil-li-onen! Und wie hieß es doch gleich in den Nachrichten: Die Polizei geht von mehreren Tätern aus. Pah! Nur ein Trottel käme auf die Idee, zu glauben, dass es wirklich mehrere Männer gewesen sein sollen.

»Da lache ich ja«, knurrt Rabraqueur. »Ablenkung! Pure Ablenkung.« Die Polizei streut absichtlich Falschinformationen, um davon abzulenken, dass derselbe Einbrecher innerhalb von zwei Tagen schon wieder zugeschlagen hat. Wäre ja auch zu peinlich für die Verantwortlichen. Aber er, Rabraqueur, lässt sich jedenfalls keine Sekunde von diesem Märchen hinters Licht führen.

»Ich kriege dich und dann wirst du es büßen, mich an der Nase herumgeführt zu haben«, brummt er und wird immer zorniger.

»Rrraaahhh!«, bricht es aus ihm heraus und die Putzfrau, die ihm gerade mit einem Dampfreiniger entgegenkommt, biegt rasch in den nächsten Saaleingang ab.

Zielstrebig eilt Rabraqueur durch den *Palais*, doch der

Tatort ist abgeriegelt, die Saaltür verschlossen und mit Polizeisiegeln gekennzeichnet. Doch das ist es gar nicht, was Rabraqueur interessiert.

Er will herausfinden, wie es Gustave gelungen ist, ins Museum zu gelangen, will nach Hinweisen suchen, die ihn auf seine Spur bringen. Denn dieser Blödmann hat mit Sicherheit wieder etwas verloren. Wer so frech und dämlich zugleich ist, eine millionenschwere Schatzkarte zu stehlen und dabei seinen Glücksbringer zu vergessen, muss wirklich mehr Glück als Verstand haben!

Rabraqueur eilt durch die Gänge, witternd wie ein Spürhund auf seiner Fährte.

»Mal sehen, was der arme Irre diesmal verloren hat!« Rabraqueur lacht schadenfroh. »Ich finde einen Hinweis. Ich finde *jeden* Hinweis. Ich bin ein Spürhund, mir entkommst du nicht!«

Er biegt ins Zwischengeschoss ein und will gerade einem halb im Gang stehenden Reinigungswagen einen genervten Stoß versetzen, als ihn ein Gedanke innehalten lässt. Nein, es ist mehr ein Gefühl, und Rabraqueur läuft ein paar Schritte zurück und betrachtet nachdenklich die Tür der Gerätekammer, vor der der Wagen abgestellt ist. Dann dreht er sich um und stürmt in den Saal, in den die Reinigungskraft eben geflüchtet ist.

»Madame!«, brüllt er und wedelt die Frau mit seinem

Ausweis zu sich. »Wenn Sie bitte mal herkommen möchten und mir folgen!« Er läuft zur Putzkammer zurück. Dort reicht er der eingeschüchterten Frau die Hand. Nur hat er diesmal einen Hunderteuro-Schein darin verborgen.

»Aus versicherungstechnischen Gründen muss ich Sie bitten, mir unverzüglich diesen Raum aufzuschließen«, sagt er und wartet geduldig, bis die Frau stumm vor Verwirrung und Überraschung tut, was er verlangt.

Doch als sie danach eilig verschwinden will, hält Rabraqueur sie auf.

»Einen kleinen Gefallen noch«, sagt er und lächelt so liebenswürdig, wie er es nur fertigbringt. »Sie sind eine Dame mit Sinn für Details, Sauberkeit und Ordnung, habe ich recht?«, schmeichelt er ihr mit Blick auf den vollgestopften Raum. »Finden Sie für mich etwas, das nicht hierhergehört.« Rabraqueur stellt sich mit verschränkten Armen in den Türrahmen.

»Pardon?«, fragt die Frau und Rabraqueur zieht die Augenbrauen hoch.

»Tun Sie's einfach, oder möchten Sie mir das … Honorar für Ihre … ähm … Schlüsseldiensttätigkeit wieder zurückgeben?«

Die Frau schüttelt den Kopf und beginnt, sich in der Kammer umzusehen.

»Lassen Sie sich Zeit …«, murmelt Rabraqueur. »Suchen

Sie gründlich … Sollten Sie etwas finden, wird Ihnen meine Versicherung einen Gutschein schicken … Sagen wir, für eine kostenlose Zahnzusatzversicherung. Für die ganze Familie. Lebenslang.«

Nachdem die Frau die Regale abgecheckt hat, kniet sie sich hin, um den Fußboden abzusuchen. Gründlich fährt sie mit ihren behandschuhten Händen unter den Regalen entlang. Nur Haare und grauer Staub kommen zutage.

Doch unter dem letzten wird sie fündig.

Es ist ein Knopf, den sie da zwischen ihren quietschrosa Plastikfingern hält und staunend betrachtet.

»Nun geben Sie schon her«, herrscht Rabraqueur sie an und reißt ihr das Fundstück aus der Hand. »*Non*, das ist doch bloß ein dummer Knopf«, schnaubt er enttäuscht. »Den könnte jede Putzhilfe hier verloren haben.«

Die Frau richtet sich auf und schüttelt den Kopf.

»Nein«, sagt sie bestimmt. »Wir müssen doch alle diese scheußlichen Kittel tragen. Außerdem«, sie sieht Rabraqueur vorwurfsvoll an und nimmt ihm den Knopf wieder ab, »ist der hier etwas ganz Besonderes. Sehen Sie, es ist ein selbst gemachter.« Die Frau schlüpft aus ihren Handschuhen, damit sie den Knopf besser anfassen kann. »Ein echtes Kunstwerk sogar. Ich habe keine Kollegin, die so was kann. Meine Großmutter hat früher auf diese Art die Knöpfe überzogen. Das macht man so, wenn ein Knopf ganz genau zum Kleid passen soll, wird er mit demselben Stoff bezogen. Sie hat es mir als kleines Mädchen gezeigt. Was für eine Arbeit!« Die Frau dreht den Knopf um. »Oh, diese unzähligen, winzigen Stiche!« Bewundernd fährt sie mit dem Zeigefinger die kaum sichtbare Naht auf der Rückseite entlang. »Das ist echtes Schneiderhandwerk«, sagt sie. »Habe ich schon lang nicht mehr gesehen, wunderschön ...« Sie sieht auf. »Und so was gehört hier definitiv nicht her. Kann ich jetzt bitte gehen?« Sie reicht Rabraqueur den Knopf und drückt sich eilig an ihm vorbei.

»Und vergessen Sie die Zahnversicherung nicht!«, sagt sie.

»*Bien sûr, madame, merci*«, murmelt Rabraqueur und betrachtet den Knopf auf seiner Handfläche.

Er ist etwa so groß wie ein zwei Euro Stück und der Stoff ist mit winzigen Blümchen bedruckt. Wo er am Kleidungsstück angenäht war, hängt noch ein Stück hellrosa Faden.

... Blümchen ... Nähen ... Großmutter ... Mädchen ... Rabraqueurs Gedanken wirbeln.

Wie zum Teufel kommt Gustave an solch einen Knopf? Noch ein verlorener Talisman? Rabraqueur hält sich das Fundstück an die Nase und schnüffelt daran. Parfum. Leicht, nur ein Hauch, aber dennoch wahrnehmbar. Würde ein uralter Glücksbringer-Knopf immer noch riechen, nach all den Jahren in einer Schachtel oder Hosentasche?

Da geschieht etwas … Urplötzlich scheint die Luft in dem kleinen Raum dünner zu werden und Rabraqueur wird schwindelig. Taumelnd tritt er auf den Gang hinaus, stößt krachend gegen den Reinigungswagen und läuft schwer atmend in Richtung Ausgang.

Er weiß jetzt, was hier los ist! Endlich ist ihm alles klar!

»Diese Kröte!« Rabraqueur würgt fast vor Empörung. »Dieses kleine Biest!«

Wie konnte er nur so dumm sein zu glauben, der tumbe Gustave könne die Meisterleistung solcher Kunstraube vollbringen. Nein, das kann nur einer. Eine! Gustaves Kind! Eine Tochter, nun weiß er endlich auch, dass das gesuchte Meisterkind ein Mädchen ist. Nicht Gustave ist es, der ihm hier auf der Nase herumtanzt, nein, er hat das Mädchen aufgespürt! Die Karte, auch das war sie. Es muss einfach so sein. Und dabei hat sie ihren Glücksbringer verloren, das Foto ihrer Mutter.

»Och, schnief«, macht Rabraqueur gehässig. »Jetzt heult sie bestimmt, weil es weg ist.« Ein teuflisches Grinsen zieht über sein Gesicht. Wie schickalshaft, dass er das Foto in letzter Sekunde aus dem Feuer gerettet hat … Und wie überaus nützlich, denn sie will es bestimmt wiederhaben und dann … wird er sie sich schnappen! Du lieber Himmel, da ist dieses Gör die ganze Zeit in direkter Reichweite! Und tanzt ihm frech auf der Nase herum.

»Harrr!« Rabraqueur ballt die Hände zu Fäusten. Er würde Feuer speien, wenn er könnte. »Mein liebes Fräulein«, knurrt Rabraqueur und stürmt aus dem Museum. »Mein liebes, kleines Fräulein. Wie kannst du es wagen …«

Kurz nachdem Rabraqueur den Platz überquert hat, scharen sich seine Wächter um ihn. Es sind bestimmt zehn Männer, die ihren Meister zu den beiden schwarzen Kleinbussen mit den verdunkelten Scheiben folgen, in denen die Chauffeure mit laufendem Motor auf sie warten.

»Los, los, Beeilung. Und hol mir ›Den Zeichner‹ her«, blafft Rabraqueur den Fahrer an …

Nur eine Stunde später verlassen die Wächter die Villa, in die sich Rabraqueur mit seinen Leuten für die Zeit der Jagd in Paris einquartiert hat, um die Unterwelt mit einem Bestechungsangebot der besonderen Art zu überschwemmen. Jeder trägt einen dicken Stapel Papier. Es sind Fahndungsaufrufe nach Gustave.

»Und wenn ihr fünftausend davon verteilt habt, fangt ihr mit der doppelten Menge noch mal von vorne an«, brüllt Rabraqueur ihnen hinterher. »Jeder Ganove dieser dreckigen Mist-Stadt soll einen Zettel bekommen und Gustave bei mir verpfeifen wollen. Und dann hol ich mir das Kind!«

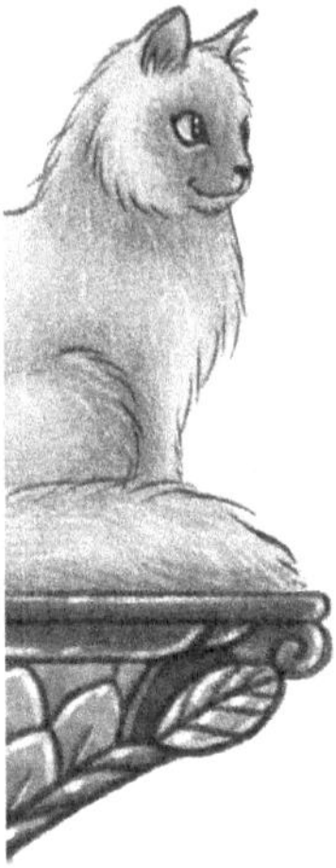

Kapitel 14

Doch von dieser Entwicklung ahnen Valérie und Matteo natürlich nicht das Geringste.

Sie kommen gerade vom Bäcker und reden über die *Bibliothèque Mazarine*, wo der dritte Coup stattfinden soll.

»Wir könnten eine der beiden Gutenberg-Bibeln klauen, die sie dort haben«, schlägt Valérie vor. »Davon gibt's auf der ganzen Welt nur noch neunundvierzig Stück. Die sind aber auf Deutsch geschrieben und in so einer Früher-Schrift, wir würden sie nicht mal lesen können …«

Matteo grinst. »Aber wenn, dann läsen die reichsten Kids von Paris die teuersten Buchstaben der Welt!«

»Schon, aber die sind natürlich in einem Tresor«, erklärt Valérie weiter. »Und vielleicht zerfällt das Buch vor Schreck zu Staub, wenn es plötzlich frische Luft zu atmen kriegt.« Valérie schüttelt den Kopf. »Nee, ich mag Bücher, das können wir nicht bringen …« Sie bleibt stehen und sieht Matteo an. »Dann die ›Mona Lisa‹? Die wurde vor über hundert Jahren schon einmal gestohlen. Wird also mal wieder Zeit … Mmh, oder ist das zu einfach, was meinst du?«

Matteo lacht. »Also, ich hätte nicht gedacht, das Wort ›einfach‹ mal im Zusammenhang mit ›Mona Lisa stehlen‹ zu hören. Aber da kannte ich dich ja noch nicht … Wie viel ist das Bild eigentlich wert und wie kämen wir rein? Wir sprechen hier schließlich vom *Louvre*!«

Valérie winkt ab. »Betriebsgeheimnis. Ich zeig's dir mal.«

»Echt?« Matteo reißt beeindruckt die Augen auf. »Du gehst im *Louvre* quasi ein und aus?«

»Aber nicht wegen der Kunst, sondern wegen der geheimen Zimmer. Dort gibt es …« Valérie senkt die Stimme und wispert Matteo etwas ins Ohr.

»Nein!« Matteo springt vor Überraschung einen Schritt zur Seite.

»Ich schwöre«, kichert Valérie. »Ich zeig's dir mal.«

»Krass«, murmelt Matteo.

Wie üblich sind zahlreiche Leute unterwegs, sodass Valérie ihren Fuß auf den Absatz an der Hausecke stellt, um so lange vorzugeben, ihren Schuh zu binden, bis die Luft rein ist, um ungesehen in die Gasse schlüpfen zu können.

Doch mit einem Mal dreht sich Valérie plötzlich um und streckt einem Fußgänger die Hand entgegen, Sekundenbruchteile bevor er ihr ein zusammengefaltetes Blatt Papier hineinlegt.

Das alles geht so schnell, dass Matteo kaum versteht, was da vor sich gegangen ist, als Valérie ihn auch schon mit sich zieht. Hals über Kopf stürzt sie in die Nische.

»Matteo, das war krass. Das ist noch nie vorgekommen!«, flüstert sie und beginnt hastig mit dem Aufstieg. »Ich erklär's dir oben.«

Erfreut maunzend eilt Madame Macaron ihnen entgegen und schnuppert an der Tüte mit den Croissants, doch Valérie stürmt an ihr vorbei ins Haus.

»Ist nicht wegen dir.« Matteo nimmt die Katze auf den Arm und folgt Valérie hinein.

Dort ist sie gerade dabei, ein Glas Wasser hinunterzustürzen. Alarmiert sitzen die Mäuse auf dem Tisch und beobachten sie.

»Jetzt erzähl«, sagen Matteo, Edith und Piaf im Chor.

»Das war Auguste, Papas allerbester, engster Freund«, erklärt Valérie. »Er hat eine ganz komische Krankheit. Gesichtsblindheit nennt man das … Er kann keine Gesichter erkennen, von niemandem, bloß meins, total verrückt … Deswegen vertraut Papa ihm. Jedenfalls ist er Papas Auge und Ohr in der Unterwelt, sozusagen. Falls irgendwas Komisches vorgeht, soll er Papa warnen.« Valérie legt das Papier auf den Tisch. »Da steht bestimmt drin, dass was Schlimmes mit Papa ist!« Valérie schluckt, weil ihr die Tränen kommen.

»Ach, Schatz«, meldete sich Edith zu Wort und wuselt Valéries Arm hinauf. »Darüber musst du dir keine Sorgen machen. Dein Vater braucht höchstens weitere Hosen von all dem guten Gebäck bei Stéphane.«

Valérie nickt. »Okay, dann mach ich's jetzt auf«, sagt sie und entfaltet das Papier.

Als sie erfasst hat, was darauf zu sehen ist, kreischt sie erschrocken auf. Denn die Nachricht hat sehr wohl etwas mit Gustave zu tun, wenn auch anders, als Valérie vermutet hat. Er blickt ihr nämlich entgegen. Als Bleistiftzeichnung. Nein, es ist eher ein Phantombild, wie es die Polizei anfertigen lässt und es ist richtig gut getroffen.

»Wie, wieso, warum …?«, stammelt sie.

Matteo beugt sich über das Blatt.

»Wo ist dieser Mann?«, liest er den Text laut vor, der darunter steht. **»Name: Gustave, kann sich aber auch anders nennen. 1.000 Euro Belohnung! Vertrauliche Hinweise (keine Polizei!) ab morgen, Villa Marguerite, Rue du Blanchon 172.«**

»Hicks«, macht Piaf.

»Jetzt krieg bloß keinen Schluckauf«, wispert Edith.

»Hicks«, macht Piaf erneut.

Valérie und Matteo starren sich an.

»*Sacrément*«, fluchen sie dann wie aus einem Mund und reden beide gleichzeitig los.

»Okay, du zuerst«, sagt Matteo.

»Das ist von Rabraqueur, stimmt's?«, quetscht Valérie hervor und Matteo nickt.

»Seh ich auch so«, bestätigt er und knufft Valérie in die Seite. »Sauwütend haben wir ihn gemacht, was? Das Bibel-Stehlen können wir uns sparen.«

Valérie zieht die Nase hoch und stemmt die Arme in die Seiten. Plötzlich ist aus ihrem Entsetzen blanker Zorn geworden.

»Was bildet sich dieser Rabraqueur eigentlich ein?« Valérie ist außer sich. »Dass jemand meinen Vater für tausend Euro verpfeift?«, schnaubt sie. »Da fehlen ja wohl noch hundert Nullen.«

»Vergiss es«, erwidert Matteo. »Sorry, aber er hat das heute wahrscheinlich über die ganze Stadt niederregnen lassen. Klar verpfeift ihn einer.«

Valérie schnaubt empört. »Sollen sie doch«, sagt sie dann. »Weiß eh niemand, wo wir wohnen.« Unvermittelt muss sie kichern. »Alle fünf Trillionen Pariser Gauner werden trotzdem hinpilgern und ihm was vom Pferd erzählen, um die Belohnung zu kassieren.«

»Rabraqueur wird noch fluchen über seinen blöden Plan, wenn die sich alle in seinem Vorgarten stapeln«, pflichtet ihr Matteo bei. »Bei so was wird ja auch gern mal die Polizei aufmerksam …«

»Ja, aber für uns ist es doch eigentlich gut, oder nicht? Mir fällt nämlich gerade auf, mit dieser Aktion«, Valérie tippt auf den Fahndungsaufruf, »haben auch wir ihn an der Angel! Er hat uns seinen Aufenthaltsort ja quasi per Lieferdienst mitgeteilt!«, ruft Valérie aufgeregt. »Besser hätte es doch eigentlich nicht laufen können! Weißt du noch, wir wussten zuerst nicht, wie wir überhaupt an ihn rankommen sollen, nicht nur wegen des Fotos, auch wegen der Falle, in die wir ihn locken wollen. Voilà, jetzt wissen wir's. Vielen Dank für die Adresse!«

»Das stimmt!«, jubelt Matteo. »Aber sag mal, diese Villa …«, wirft er nachdenklich ein, »die ist in der Nähe der Katakomben, richtig?«

Valérie nickt. »Ja, das ist so 'n alter Kasten. Ist dauerzuvermieten. Kaum ist jemand eingezogen, steht er kurz darauf schon wieder leer. Da drin soll's spuken. Aber woher weißt du das?«

»Könnte sein, dass ich 'ne Idee habe … Aber erzähl ich dir später«, winkt Matteo ab. »Ich wette, du weißt, wie man reinkommt?«, fragt er weiter.

»Logisch«, sagt Valérie. »Und zwar aus folgendem Grund: Im Garten der Villa ist einer der geheimen Zugänge zu den Katakomben. Ich erklär dir das als Neu-Pariser mal …« Sie räuspert sich. »Also, wenn du ein Ticket für die Katakomben kaufst, siehst du auf der Führung zwei Kilometer lang

Wände voller Schädel und Knochen von Millionen toter Leute. Früher war das Ganze ein unterirdischer Steinbruch. Irgendwann war auf den Friedhöfen kein Platz mehr und man stapelte die Gebeine in diesen Stollen. Das ist total traurig und gruselig. Aber richtig unheimlich wird es erst im restlichen Stollennetz, also jenes, wo man als Besucher *nicht* reindarf. Und das ist über dreihundert Kilometer lang. Außerdem ist es natürlich total verboten, da unten zu sein. Es gibt allerdings so Freaks, die steigen trotzdem runter, über geheime Zugänge, die nur sie kennen. Na ja, und einen kenne ich auch, den im Garten von Madame Marguerite. Erst geht es zwanzig Meter in die Tiefe und unten hat man dann zwei Möglichkeiten: In die eine Richtung geht es zu den Katakomben und in der anderen Richtung kommt man an einen Schacht, der führt wieder zurück, in den Keller der Villa. Es heißt, sie habe lausige Liebhaber dort hinuntergestoßen und sie seien nie wieder aufgetaucht. Ich war schon zweimal drin. Ich hasse die unterirdischen Gänge, aber die Villa ist total verrammelt, überall Gitter, also gings nicht anders. Ich hab mir jede Menge Bücher mitgenommen, da gibt's 'ne riesige Bibliothek.«

»Ahaaa …«, sagt Matteo unbestimmt.

Valérie klatscht in die Hände. »Ha!«, jubelt sie. »Je mehr ich drüber nachdenke, desto klarer wird es: Rabraqueur sitzt in der Falle, oder nicht? Während er brav darauf wartet, dass ihm die Informationen wie Fliegen ins Haus schwirren, kundschaften wir ihn aus.«

»Oookay«, sagt Matteo. »Einverstanden.«

»Und während er noch damit beschäftigt ist, zig erfundene Adressen aufzuschreiben, weil die Schlange an ›zuverlässigen Zeugen‹«, Valérie malt Anführungszeichen in die Luft, »bis an den Atlantik reicht, holen wir uns das Foto. Ende der Geschichte.«

»Ja«, stimmt Matteo zu und grinst. »Einfach und genial. Einfach genial.«

»Kinder«, meldet sich Piaf unvermittelt zu Wort: »Hört sich für mich nicht nach einem ordentlichen Plan mit Weitblick an. Wenn ihr euch das Foto geholt habt – falls es überhaupt in dieser Villa ist und Rabraqueur es nicht zufällig in seinem Geldbeutel in der Hosentasche herumträgt –, dann ist er trotzdem immer noch auf der Jagd nach Gustave. Und indirekt auch nach Valérie. Das mit der Falle, in die ihr ihn locken wollt, halte ich langfristig doch für klüger …«, wirft er ein und alle sehen die Maus erstaunt an.

Einen so langen Satz hat Piaf ja noch nie gesagt!

»Du hast natürlich recht, *mon amour*«, sagt Edith unglücklich. »Aber das ist leider sehr gefährlich und ich kann das fast überhaupt kein bisschen erlauben.«

Matteo und Valérie streicheln den Mäusen über das samtige Fell.

»Darüber haben wir uns auch schon Gedanken gemacht«, erwidert Valérie. »Aber wir dachten, eins nach dem anderen. Oder von mir aus auch gleichzeitig, aber wir sollten uns erst mal die Villa ansehen. Ich war ewig nicht mehr dort. Wir müssen wissen, wie viele Leute da sind, welches Rabraqueurs Zimmer ist und alles andere, was wir noch rausfinden können«, sagt Valérie und die Mäuse nicken. »Und morgen, wenn alle von der Fahndungssache abgelenkt sind, weil die halbe Pariser Unterwelt vor der Tür rumlungert, steigen wir ein und suchen das Foto.«

»Und dann besprechen wir, wie es weitergehen soll«, sagt Matteo.

»Übrigens, wann bringt ihr die Bilder eigentlich wieder zurück ins Museum? Oder zur Polizei? Piaf schleckt mir zu oft dran und abends hat er Bauchweh.«

»Och«, sagt Piaf und schmatzt. »Die Schmutzschicht war nicht so lecker, aber die Farbe!«

»Lass noch was übrig«, lacht Valérie und betrachtet die Gemälde. Die Frau mit dem Fächer scheint ganz glücklich darüber zu sein, dass ihr sonnenblumengelbes Kleid nun wieder kräftiger leuchtet. »Bald«, verspricht Valérie.

Dann geht sie in ihr Kabuff und kommt mit dem Nadelkissen zurück. Mit vier Stecknadeln pikt sie sorgfältig das Phantombild an die Wand und schreibt so viele Nullen hinter die Tausend, wie auf die Seite passen.

»Du kriegst auch noch einen schönen Rahmen, Papa«, verspricht sie. »Und dann verpfeifen wir den König der Diebe bei der Polizei. Zum Beispiel. Oder irgendwie anders. Das wissen wir noch nicht. Aber zuerst holen Matteo und ich uns das Foto von Maman zurück.«

Kapitel 15

Es ist stockdunkel in dem kleinen Kämmerchen, als Valérie in der Nacht von hauchzarten Mäuseküsschen geweckt wird.

»Hrumpf«, macht Valérie und dreht sich auf die andere Seite.

»Aufwachen«, wispert Edith direkt in ihr Ohr. »Es geht los!«

Das sachte Kitzeln der Schnurrhaare schickt eine Gänsehaut über ihren Körper und sorgt dafür, dass Valérie im Nu hellwach ist.

»Habt ihr Matteo schon geweckt?«, flüstert sie und tastet nach dem Lichtschalter des chinesischen Drachenlämpchens mit dem roten Schirm.

Da steckt Matteo auch schon den Kopf durch den Vorhang. Er ist ganz in Schwarz gekleidet, nur sein Gesicht ist zu erkennen.

»Kein Strom übrigens«, sagt er. »Ich hab mir dunkle Klamotten von deinem Papa ausgeliehen, wenn das okay ist?«

»Klar«, erwidert Valérie und steht auf.

Sie zündet eine Kerze an und betrachtet ihre Kleidersammlung.

»Der Rucksack ist auch schon gecheckt. Taschenlampe, Werkzeug …«, ruft Matteo von nebenan.

»Kreide kann nicht schaden, vielleicht müssen wir was markieren«, ergänzt Valérie. »In der Küchenschublade. Und pack auch die Knete ein, sie ist selbsthärtend, vielleicht müssen wir einen improvisierten Schlüssel anfertigen. Und das Sprühöl. Und Kabelbinder. Mit Kabelbindern kann man nix falsch machen.«

»Aye, aye, Sir«, sagt Matteo und macht sich daran, die restlichen Dinge zusammenzusuchen.

Valérie wendet sich wieder ihren Kleidern zu. Das von gestern Nacht liegt noch genau dort auf dem Fußboden, wo sie es abgestreift hat.

»Ach, einmal geht noch«, meint sie und zieht es sich über den Kopf. Sie ist mit dem Zuknöpfen fast fertig, als sie von einem Rumpeln unterbrochen wird und durch den Vorhang hastet. »Matteo?«, ruft sie.

»Alles gut«, ächzt er. »Ich hab mir bloß den Kopf gestoßen.«

»Autsch«, sagt Valérie mitleidig und sieht ihn prüfend an. »Geht's wirklich?«, fragt sie und schlüpft in Gustaves Pullover.

»Klar, können wir los?« Matteo ergreift den Rucksack.

»Das übernehme heute ich. Die Bilder waren gestern schwer genug.«

»Danke«, erwidert Valérie.

»Nun, ich nehme an, wir bleiben mal wieder zu Hause, um die Katze zu hüten?«, fragt Edith und Madame Macaron wirft ihr einen beleidigten Blick zu.

Valérie lacht. »Vertragt euch, Leute. Bis nachher. Und Kerze auspusten. Und Daumen drücken.«

»*Bonne chance*«, rufen die Mäuse.

Auf den Straßen sind die üblichen Nachtschwärmer unterwegs und die Bistros und Cafés sind gut besucht. Valéries seltsame Un-Sichtbarkeit scheint sich auch auf Matteo auszuweiten, denn auch in dieser Nacht macht niemand die beiden darauf aufmerksam, dass es für Kinder verboten sei, so spät noch allein unterwegs zu sein.

Als sie an der Terrasse der *Brasserie Les Deux Magots* vorbeikommen, bleiben die beiden kurz stehen. Gerade hält jemand eine Rede und die Zuhörer prosten sich mit Champagnergläsern zu. Valérie stiehlt rasch eine Armbanduhr und ein Smartphone zurück und will Matteo eben erklären, dass sie mitten in die jährliche Preisverleihung für Schriftsteller geraten sind, da drückt er ihr einen Teller mit Antipasti und Fingerfood in die Hand, die er vom Servierwagen hat mitgehen lassen.

Eilig laufen sie zu den Stufen der nahen Kirche, um die winzigen Köstlichkeiten zu verspeisen.

Als Valérie aufgegessen hat, sieht sie unschlüssig auf ihre Finger und wischt sie dann rasch am Kleid ab. Für einen kurzen Moment blitzt dabei ein Gedanke auf, doch sie kriegt ihn nicht zu fassen.

»Ist es noch weit?«, fragt Matteo und zieht Valérie hoch.

Valérie zeigt auf das Métro-Schild.

»Wir fahren drei Stationen, bis *Denfert-Rochereau.*«

Doch als sie zur U-Bahn hinabgehen wollen, zögert Valérie fast unmerklich. Irgendwas ist komisch. Eine Art unbestimmte Vorahnung befällt sie. Etwas ist nicht richtig …

Valérie sieht Matteo an, aber er scheint nichts zu bemerken. Rasch verscheucht Valérie das unangenehme Gefühl und die beiden rennen los, um die Métro noch zu erwischen.

Doch bei jeder Haltestelle wird Valéries Bauchgefühl drängender.

»Du, machen wir grad was falsch?«, wendet sie sich an Matteo. »Ich hab das Gefühl, irgendwas stimmt nicht. Als ob wir was übersehen hätten … Oder ist ein Wächter in der Nähe? Obwohl, das Gefühl ist anders … Kannst du den Plan vielleicht noch mal wiederholen?«

Matteo rückt näher an Valérie heran und senkt die Stimme. »Klar, kein Problem. Ich spüre übrigens keinen Wächter. Also, wir fahren zur Villa Gänseblümchen oder wie die heißt«, sagt er, »wo wir uns ... na ja, umsehen, damit wir morgen, während Du-weißt-schon-wer zahlreich Besuch von ähm, Kollegen deines Vaters bekommt, unser ... also dein Eigentum zurückholen.«

»Ja«, bestätigt Valérie einigermaßen beruhigt. »Korrekt. Okay. Gut. Ah, hier müssen wir raus.«

Nach wenigen Metern kommen sie auf dem menschenleeren Platz vor dem Eingang zu den Pariser Katakomben an.

»Vielleicht liegt's auch daran, dass ich hier nicht so gerne bin. Wir laufen über sechs Millionen Skelette ...« Sie zuckt mit den Schultern. »Keine Ahnung, ich bin normalerweise vor simplen Ausspähaktionen nicht so nervös.«

Matteo hält Valérie am Arm auf.

»Halt mal an«, sagt er und Valérie lehnt sich an eine Straßenlaterne.

»Mir ist schwindelig«, sagt sie.

»Ich kann das auch allein machen«, wirft Matteo besorgt ein. »Bestimmt fühlst du dich komisch, weil es um etwas wirklich Wichtiges geht. So was wie die ›Mona Lisa‹ mitgehen zu lassen, würdest du ja noch vor dem Frühstück erledigen, aber das Foto deiner Mutter ist ein echter Schatz. Ich kann das voll verstehen. Wir haben nur eine Chance und alles muss laufen wie am Schnürchen.«

Valérie nickt. »Ja, vielleicht ist es das …«

Plötzlich fährt ein kalter Stich durch ihren Bauch und Valérie presst die Hand darauf. Auch ihr Herz klopft viel zu schnell. Was soll das denn jetzt auf einmal? Sie sind nur noch drei oder vier Straßen von Rabraqueurs Unterschlupf entfernt. Sind es doch seine Wächter, die ihr Angst machen?

Rasch tritt Valérie aus dem gelben Licht der Laterne und zieht Matteo in einen Hauseingang.

»Kann schon sein«, sagt Matteo, als sie ihm ihre Theorie mit der wiedererwachten Empfindlichkeit gegenüber Rabraqueurs Wächtern erläutert hat, und reicht ihr eine Hand. »Aber irgendwie auch nicht. Ihr komischer Zauber funktioniert wirklich nicht mehr. Weißt du noch, letzte Nacht? Du hast sie wahrgenommen und ich auch. Aber dann hast du deine Wunderheilkraft auf mich übertragen und alles war wieder okay. Du brauchst keine Angst zu haben. Bestimmt schlafen sie alle …«, Matteo grinst, »… mit dem Daumen im Mund und in gestreiften Pyjamas mit Teddybärchen drauf.«

Valérie lacht. »Okay, das hat geholfen.«

Die Grundstücke sind in dieser Gegend mit spitzen Zäunen gegen Eindringlinge gesichert. Es gibt hier kaum feierfreudige Partygäste oder späte Restaurantbesucher, das Viertel liegt schon im Schlaf. Matteo und Valérie begegnen fast niemandem.

Nach wenigen Metern kommt die *Villa Marguerite* in Sicht.

Sie sieht noch genauso aus, wie Valérie sie in Erinnerung hat. Lediglich das Eingangstor mit den Stahlspitzen steht offen, sonst verrät nichts die Anwesenheit eines neuen Mieters. Hinter den Fenstern ist es dunkel, nirgendwo brennt Licht.

»Komisch«, murmelt Valérie.

Sie huscht in den Durchgang zu einem Hinterhof und lässt ihren Blick wieder und wieder über die Straße gleiten. Die Autos am Straßenrand stehen ordentlich geparkt, kein knisternder Motor verrät, dass jemand in letzter Zeit damit gefahren ist, das Rauschen der Großstadt scheint weit weg zu sein. Von irgendwoher dringt das Geräusch eines Fernsehers zu ihnen und Valérie registriert erstaunt das Zirpen einer Grille.

Es ist still, fast zu still.

Als würde etwas den Atem anhalten …

Und das ist genau das, was Valérie stört.

Diese geradezu perfekten Bedingungen für ihr Vorhaben, erscheinen Valérie heute Abend als das genaue Gegenteil.

Es ist zu perfekt.

Doch warum?

Sie müssen lediglich den Hof des Nachbarhauses überqueren und über die rückwärtige Mauer klettern, um in den verwilderten Garten der Spukvilla zu gelangen.

»Es läuft doch alles wie geplant!«, schimpft Valérie mit sich selbst.

Valérie beobachtet weiterhin die Umgebung. Geduldig steht Matteo hinter ihr und lässt sie gewähren.

Aus einem Hauseingang tritt jetzt ein Mann mit einem Rennrad über der Schulter, setzt sich Kopfhörer auf und radelt davon. Eine Balkontür öffnet sich und es ertönt das typische Rappeln, wenn eine Glasflasche aus einem Getränkekasten genommen wird. Irgendwo weint ein Baby und beruhigt sich wieder.

»Alles ganz normal«, spricht sich Valérie selbst Mut zu.

Matteo wippt auf den Ballen, als wollten seine Füße schon mal loslaufen. »Sollen wir dann mal?«, wispert er.

Valérie fasst einen Entschluss.

»*On y va*, gehen wir«, sagt sie und läuft los.

Ihre Sneakers machen nicht das geringste Geräusch, als sie den Hinterhof überqueren. Eine neugierige Katze nähert sich und Matteo legt den Finger auf die Lippen. Die Katze zwinkert einmal und verschwindet um die Ecke.

Valérie und Matteo stemmen sich auf den Müllcontainer hoch, um die Mauer zu erreichen, die den Hinterhof vom Garten der *Villa Marguerite* trennt. Matteo ist bereits oben und Valérie hat sich mit einem Bein ebenfalls hochgestemmt, da bleibt sie mit einem Knopf ihres Kleides an der Metallkante der Tonne hängen. Als sie versucht, den

Stoff zu lösen, wird der Knopf abgetrennt und landet lautlos am Boden.

»*Zut*!«, schimpft Valérie verärgert. »Ich muss sie besser festnähen.« Für einen Moment erwägt sie, ihn einfach liegen zu lassen, doch dann entscheidet sie sich dagegen.

Schließlich hat sie für jeden einzelnen Knopf mindestens eine halbe Stunde gebraucht. Sie sieht zu Matteo. Er überprüft gerade die Ziegelauflage der Trennmauer.

»Alle fest«, wispert er. »Wie können easy rüber.«

»Moment kurz, ich hab's gleich«, flüstert Valérie und lässt sich hinuntergleiten.

Beim Aufkommen trifft ihr Schuh auf etwas Weiches. Sie ist auf den verlorenen Knopf getreten.

Valérie erstarrt.

Für den Bruchteil einer Sekunde, der ihr vorkommt wie eine halbe Ewigkeit, kann sie sich nicht bewegen. Nicht, dass sie draufgetreten ist, hat sie so schockiert. Es ist etwas anderes … Valérie bückt sich nach dem Knopf und starrt ihn an, als habe sie ihn noch nie zuvor gesehen.

»Ist was?«, fragt Matteo.

Valérie zuckt hilflos mit den Schultern.

»Dieser Gedanke, dieser Gedanke, Moment«, murmelt sie.

Und plötzlich hat sie es!

Gestern, in der Kammer des Museums, da ist sie auch

auf etwas getreten. Und das hat sich genauso angefühlt wie eben. Doch das war unmittelbar vor ihrer Flucht und sie hatte keine Zeit, sich darum zu kümmern und hat es auch sofort wieder vergessen.

Der Schreck und die Erkenntnis donnern so heftig durch ihren Körper, dass Valérie meint, keine Luft mehr zu bekommen.

»Ich muss sie zählen«, murmelt sie und tastet die Knopfreihe ihres Kleides entlang. »Sieben«, wispert sie dabei. »Lass es sieben Knöpfe am Kleid sein. Eins, zwei, drei, vier«, zählt sie ab dem Kragen. »Fünf, sechs«, macht sie am Rockteil weiter, zählt erneut, hebt den Stoff an, um zu sehen, was sie nicht sehen möchte.

Ja, ihre schlimmsten Befürchtungen haben sich bestätigt, es fehlt nicht nur der eben abgerissene, sondern auch der Knopf darüber. Sie verwendet immer acht Knöpfe. Und jetzt hat sie einen in der Hand und sechs sind angenäht. Einer fehlt. Valérie wird sterbensschlecht. Speichel sammelt sich in ihrem Mund und als sie sich vorbeugt, um ihn auszuspucken, spürt sie, dass Matteo neben ihr steht und ihr beruhigend die Hand auf den Rücken gelegt hat.

»He«, sagt er leise, »wir können auch –« Doch Valérie schüttelt den Kopf.

Als hätte sich eine Nebelwolke verzogen, die ihr die ganze Zeit die Sicht geraubt hat, sieht sie mit einem Mal so klar, dass es fast wehtut. Sie dreht sich zu Matteo um, ergreift seine Oberarme und sieht ihm fest ins Gesicht.

»Falle!« Sie spuckt das Wort fast aus. »Das ist eine Falle«, wispert sie eindringlich. »Wir müssen weg. Sofort.«

Matteo blinzelt irritiert, doch dann nickt er.

Im selben Moment nehmen sie Zigarettenrauch wahr. Valérie und Matteo ducken sich. An die Wand gepresst atmen sie so flach wie möglich, als kurz darauf der Hinterhof flüchtig mit einer Taschenlampe ausgeleuchtet wird.

Zeitgleich taucht auch im Garten hinter der Mauer ein Wächter auf und dreht eine Kontrollrunde. Man hört es an den Schritten auf dem knackenden und raschelnden Untergrund des verwilderten Gartens. Gespenstisch klettert jetzt das Licht einer Lampe in die Zweige einer abgestorbenen Fichte, gleitet über die Mauer und zerstreut sich im Nachthimmel.

»Wenn ihr ohne sie heimkommt, reiß ich euch die Köpfe ab«, schallt Rabraqueurs Stimme plötzlich durch die Nacht, als er ebenfalls in den Garten tritt.

Valérie kneift vor Schreck die Augen zusammen.

»Such gründlicher. Und denk daran, was mit den beiden Totalversagern gestern geschehen ist. Willst du auch so enden? Haben die Göre direkt vor der Nase und gehen einfach heim!«

Valérie rauscht das Blut so laut in den Ohren, dass sie

die verängstigte Antwort nicht verstehen kann. Doch der Angesprochene beginnt, den Garten jetzt gründlicher zu durchkämmen, das Licht geistert kaum mehr über die Mauer.

Rabraqueur stößt einen grunzenden Laut aus und knallt die Tür hinter sich zu.

Als Valérie wagt, die Augen wieder zu öffnen, sieht sie die aufglimmende Glut ihres Verfolgers, der aufgrund Rabraqueurs Ansage hektisch an der Zigarette pafft. Als sein Handy klingelt, zieht er es aus der Tasche.

»Ja, Chef«, sagt er. »Verstanden, Chef … Gut, ich wiederhole … Tot oder lebendig, das ist Ihnen scheißegal … Ja, ich verstehe. Nicht ganz tot, sonst nutzt sie uns nichts mehr. Ja, Chef …«

Dann steckt er das Handy wieder ein, wirft die Zigarette nach einem tiefen Zug auf den Boden und zieht eine Waffe aus dem Holster. Für einen kurzen Moment schimmert der mattgraue Stahl im Mondlicht auf. Valérie und Matteo pressen sich die Hände vor den Mund und sehen sich entsetzt an.

Der Wächter holt nun die Taschenlampe aus der Gürtelschlaufe und fixiert sie mit der linken Hand entlang des Waffenlaufes. Mündung und Licht sind nun eins geworden und gleiten über Fenster und Türen. Langsam schleicht der Mann mit ausgestreckten Armen weiter.

Valérie ergreift mit kaum wahrnehmbaren Bewegungen Matteos Hand. Sicher ist sicher. Wenn er noch näher kommt, gibt es genau wie in der Impasse Poule nur einen einzigen Ausweg: hoch aufs Dach.

Doch das müssen sie verhindern! Für Rabraqueur und seine Wächter ist Valérie wahrscheinlich genauso sichtbar wie jeder andere Mensch. Und außerdem – was Valérie in diesem Moment fast noch mehr Angst macht – werden sie dann wissen, dass Matteo bei ihr ist. Rabraqueur hätte aus Zufall gleich zwei seiner Meistgesuchten aufgetrieben. Und das absolut Schlimmste von allem: Gegen eine Waffe haben sie nicht die geringste Chance.

Valérie weicht für einen winzigen Moment das Gefühl aus den Beinen und sie muss sich an Matteo festhalten. Noch niemals zuvor hatte sie so viel Angst wie jetzt.

Wie können sie den Mann ablenken?

Nur noch wenige Meter, bis das Licht seiner Lampe sie erfassen wird. Sie und Matteo haben keinerlei Deckung, pressen sich nur mit angehaltenem Atem in den Rahmen der Kellertür.

Valérie ist sich ganz sicher, der Wächter wird nicht lange zögern und wahrscheinlich sofort schießen.

Nichtganztot, nichtganztot, wiederholen sich die Worte in Valéries Kopf und sie muss ihre komplette Willenskraft zusammennehmen, um nicht in Tränen auszubrechen.

Plötzlich spürt Valérie eine sanfte Berührung an ihren Füßen und zuckt zusammen. Ah, es ist nur die Katze von vorhin. Doch zu spät. Valérie hat Matteo durch ihre Bewegung aus dem Gleichgewicht gebracht und er stößt mit dem Bein an die Metall-Gießkanne. Mit dem lautesten Geräusch, das Valérie und Matteo je gehört haben, kippt sie um und poltert die Stufen zur Kellertür hinunter.

Augenblicklich schwenkt der Mann die Waffe mit der Lampe in Richtung des Geräuschs. Valérie und Matteo gehen in die Knie, um dem Lichtkegel in letzter Sekunde zu entkommen.

»Stehen bleiben oder ich schieße«, raunt der Wächter.

Valérie und Matteo erstarren. Doch diesmal aus purer Angst. Jetzt ist alles aus. Valérie will in einem letzten Anfall von Vernunft die Arme heben, aber sie schafft nicht mal das. Jegliches Gefühl ist aus ihrem Körper gewichen.

»Na, wen haben wir denn da?«, fragt der Wächter.

Und erst als ihnen auffällt, dass sie wieder in völliger Dunkelheit hocken, wird ihnen klar, mit wem der Mann redet. Er hat die Waffe gesenkt und kniet neben der Katze. Maunzend streicht sie um seine Beine.

»Ach, du warst das«, murmelt er, während er sie streichelt. »So eine kleine Katze und so viel Lärm.«

Langsam löst Valérie ihre Finger von Matteos Arm, in den sie sich gekrallt hat.

Dieser Moment ist ihre einzige Chance. Sie rollt die Augen Richtung Dach und Matteo nickt. Augenblicklich fangen die beiden an zu klettern. Wie Eidechsen kleben sie an der Wand, so schnell und wagemutig wie noch nie streben die beiden in die Höhe. Nur noch zwei Handgriffe, dann haben sie einen Balkon erreicht. Valérie hievt sich übers Geländer, kauert sich auf den Boden und legt ihre Arme über den Kopf. Nur einen Moment später folgt Matteo. Keine Sekunde zu spät, denn da streift das Licht der Taschenlampe bereits die Fassade und wandert langsam daran entlang.

Valérie und Matteo hören, wie das Handy des Wächters erneut klingelt.

»Nein, Chef, hier ist alles sauber, war bloß 'ne Katze.« Dann verlässt der Wächter den Hinterhof.

Valérie und Matteo wagen es noch eine ganze Weile nicht, sich zu bewegen.

Es hätte nicht viel gefehlt und sie wären Rabraqueurs Patrouille direkt in die Arme gelaufen! Irgendwann finden sie die Kraft, um weiterzuklettern. Von oben können sie noch mehr Mitglieder des Suchtrupps ausmachen, die im Umkreis der Villa die nächtliche Umgebung absuchen.

Valérie und Matteo nehmen Anlauf und springen auf das nächste Haus. Erst zwei Dächer weiter entschließen sie sich zum Abstieg.

Heftig atmend setzen sie sich unten auf die wuchtige Eisenkette zwischen zwei Betonpollern.

»Oh mein Gott, war das knapp«, japst Matteo. Er springt wieder auf und zieht den Mantel aus. »Ich hätte mir beinahe in die Hose gemacht. Aber wie konntest du das wissen? Was war mit dir los?«

Valérie stützt den Kopf in die Hände.

»Ich hab noch nie 'ne echte Waffe gesehen … *Mon Dieu* …«, murmelt sie. »Aber wir sind ja selbst schuld. Wie kann man auch so doof sein?! Wir wären beinahe auf die Phantombild-Sache reingefallen«, kommt es dumpf zwischen ihren Fingern hervor.

Dann berichtet sie Matteo von der Knopfgeschichte.

»Verstehst du, er hat auf uns gewartet, wie eine Spinne im Netz. Er hat meinen Knopf in der Kammer gefunden und eins und eins zusammengezählt: Dass nicht Gustave der Täter ist, sondern ein Mädchen und das kann nur Gustaves Tochter sein … Und dann hat er uns angelockt …« Valérie springt auf und stampft mit den Füßen. »Dachte sich, er gibt uns einfach mal seine Adresse und wir stehen vor der Tür, fliegen wie Insekten in seine Falle und *schnapp*, kassiert er uns ein … Das Schlimmste ist, er hätte es beinahe geschafft. Undundund …«, Valérie schnappt nach Luft, »der Typ hätte uns fast erschossen. Die Katze hat uns das Leben gerettet. Sie hätte genauso gut auch flüchten können, und –«

»He«, unterbricht Matteo sie genauso sanft wie eben. »Er hat uns aber nicht einkassiert. Du hattest die ganze Zeit das richtige Bauchgefühl.«

Valérie greift in die Tasche und betrachtet den geblümten Stoffknopf. »Ich muss dringend meine Knopfannähtechnik verbessern«, sagt sie.

»Na, das kann man jetzt aber so oder so sehen. Darf ich den haben? Als Glücksbringer?«, fragt Matteo.

Valérie reicht ihn ihm und steht auf.

»Kannst du vielleicht einen Burger-Laden überfallen? Wir haben heute Nacht noch viel vor und ich sterbe vor Hunger«, sagt sie. »Ich schätze mal, wir müssen jetzt schon Piafs Foto-holen-plus-Falle-stellen-Plan austüfteln.«

»Geht klar, wir treffen uns bei dir. Ich nehme an, du willst nicht dabei sein, wie ich wieder die Verlorenes-Kind-Nummer bringe?«

»Stimmt«, sagt Valérie. »Mir reicht's an Stress für heute. Da vorne rechts ist einer …«

Kurz bevor Matteo abbiegt, fällt ihm noch etwas ein.

»Du hast eben die ganze Zeit ›wir‹ und ›uns‹ gesagt. Aber Rabraqueur weiß nichts von ›wir‹. *Tu vois ce que je veux dire*, weißt du, was ich sagen will? Er ist auf der Suche nach der Meisterdiebin von Paris. Und das bist einzig und allein du.«

»Oh, danke für das Kompliment …«, erwidert Valérie

und nickt. »Ja, er hat keinen Schimmer davon, dass wir uns begegnet sind. Das müssen wir irgendwie ausnutzen … Das ist unser Ass im Ärmel. Damit locken wir *ihn* in die Falle. Ich weiß noch nicht wie, aber mit Fritten im Bauch wird uns schon was einfallen …« Valérie boxt in die Luft. »Pamm, pamm«, ruft sie bei jedem Hieb. »Du bist nicht schlauer als wir, du … du … Ratte!«, faucht sie.

»Ketchup oder Majo?«, fragt Matteo und Valérie schlägt abermals in die Luft.

»Bei-des!«, ruft sie.

Matteo läuft grinsend davon.

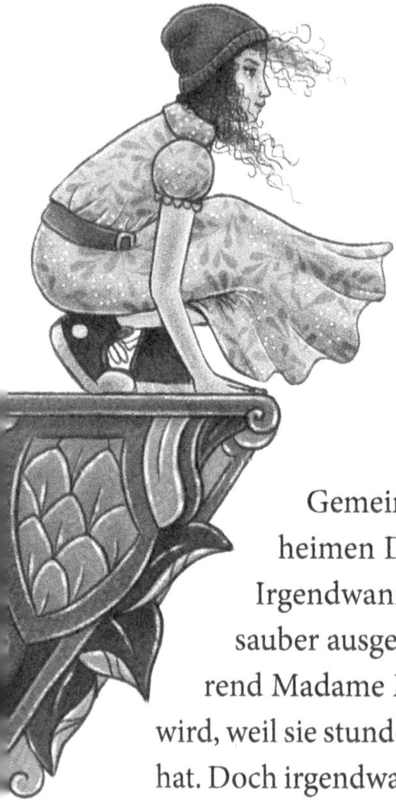

Kapitel 16

Gemeinsam schmieden die Bewohner des geheimen Dachhauses in dieser Nacht noch Pläne. Irgendwann schlafen Edith und Piaf in einer der sauber ausgeschleckten Burger-Schachteln ein, während Madame Macaron schon langsam wieder munter wird, weil sie stundenlang auf Matteos Schoß geschlummert hat. Doch irgendwann steht fest, wie Valérie und Matteo Rabraqueur überlisten werden. In den frühen Morgenstunden sinken Valérie und Matteo in die Betten, um sich vor dem großen Coup gründlich auszuschlafen.

Am späten Nachmittag ist es so weit.

Valérie macht sich auf der grünen Route an den Abstieg und landet mit einem letzten Sprung auf der Straße.

Kurz darauf springt in einem unbeobachteten Moment ein zweites Mädchen von einer Balkonbrüstung. Als die beiden nebeneinanderstehen, kann man feststellen, dass sie sich zum Verwechseln ähnlich sehen.

»Wie kannst du in dieser Flatterwolke nur klettern?«, ächzt das eine Mädchen und Valérie lächelt.

»Reine Übungssache«, erklärt sie Matteo, der ihr, als Valérie verkleidet, wie aus dem Gesicht geschnitten ist. »Schon der Hammer, dass du aussiehst wie ich«, fügt sie hinzu. »Ich hätte nie gedacht, dass das so gut wird.«

Sie haben zwar eine halbe Ewigkeit gebraucht, Matteo in ein Mädchen zu verwandeln, aber das Ergebnis kann sich sehen lassen.

Matteo fasst sich stöhnend an seinen Haarknoten. Seine Wuschellocken waren kaum lang genug dafür und Valérie und Edith haben mindestens zwanzig Haarnadeln für das Ergebnis gebraucht.

»Das tut vielleicht weh«, mault er. »Ich glaube, ihr habt die Nadeln direkt *in* meinen Kopf gestochen.« Ein wenig verlegen geht er neben Valérie her. »Gut, dass mich keiner kennt«, murmelt er und starrt zu Boden.

»He, ist es sooo peinlich, auszusehen wie ich?« Valérie knufft Matteo in die Seite.

Matteo streicht sich über den weiten Rock.

»So meine ich das doch nicht. Ist nur ungewohnt. Und luftig untenrum. Wenn da was hochgeweht wird …«

Valérie muss sich vor Lachen an einer Hauswand abstützen.

»Du hast aber schon 'ne Unterhose drunter? Oder etwa

nicht?«, japst Valérie und vor lauter Freude an dem guten Gefühl, das dieser Lachanfall auslöst, muss sie gleich noch mehr kichern.

»Also wirklich, eine Dame weiß, was sich gehört«, erwidert Matteo mit gezierter Stimme, wedelt mit den hellblauen Fingernägeln und verteilt mit spitzen Lippen Luftküsse. »Erdbeerküsse sind das«, verkündet er und schmatzt mit den Lippen. »Wuah, dieses Lipgloss-Zeug kleeebt …«

Valérie könnte sich ausschütten vor Lachen. Ihr gefährliches Vorhaben für einen Moment zu vergessen und einfach nur mit einem Freund herumzualbern, fühlt sich an wie *der perfekte Moment.*

»Und nicht immer ins Gesicht fassen, du verschmierst die Wimperntusche«, johlt sie und Matteo zwinkert.

Langsam wird Valérie wieder ernst und die beiden gehen ein weiteres Mal ihren Plan durch. Jedes Detail muss sitzen, ihr Überraschungsangriff kann nur ein einziges Mal gelingen.

»Und du bist dir wirklich sicher, dass du das machen willst?«, fragt Valérie Matteo wohl schon zum hundertsten Mal.

Als Valérie verkleidet wird Matteo zunächst an der Vordertür der Villa klingeln, um Rabraqueur in ein total naives »Mein Vater schickt mich mit dem Angebot, Ihnen die beiden Bilder aus dem Museum zu überlassen, wenn Sie im

Gegenzug versprechen, ihn nicht weiter zu verfolgen«-Ablenkungsmanöver zu verwickeln, bis Valérie von hinten ins Haus eingestiegen ist, um das Foto zu holen. Dann folgt der zweite Teil mit der Falle. Eigentlich der reinste Wahnsinn. Schließlich soll Matteo mit dem Mann von Angesicht zu Angesicht reden, vor dem er noch vor wenigen Monaten unter Lebensgefahr geflohen ist. Dabei muss er sich darauf verlassen, dass Rabraqueur so überrumpelt vom offiziellen Auftauchen Valéries ist, dass er in ihr nicht einen als Mädchen verkleideten Matteo erkennt. Und auch nicht irgendwie verrückt oder irre reagiert, indem er versucht, die vermeintliche Meisterdiebin vor aller Augen zu entführen.

»Mach dir darüber keine Gedanken«, erwidert Matteo wie jedes Mal, wenn Valérie ihre Sorgen ausspricht. »Ich finde, ich sehe sehr süß aus und ich rieche auch so«, fügt er hinzu und schnüffelt in seinen Kragen. »Der merkt garantiert nix.«

Valérie muss schon wieder lachen. Sie hat noch nie jemanden kennengelernt, der so lustig und mutig zugleich ist. Außer Papa natürlich …

»Aber ganz abgesehen davon«, sagt Matteo und schwenkt beim Laufen seinen Rock hin und her, »sind wir völlig durchgeknallt, das weißt du schon, oder? Denn es gibt ja nur zwei Möglichkeiten. Entweder es klappt, oder es klappt nicht. Wenn es nicht klappt, sitzen wir beide hinterher im

Kerker, also zumindest ich, weil ich ja kein Meisterkind bin. Oder …« Matteo senkt seine Stimme, »… wir sehen in den Lauf einer Pistole«, raunt er. »Jedenfalls wirst du bis an dein Lebensende versuchen, dich – und hoffentlich auch mich – zu befreien, falls wir das Ganze überleben. Und dein Vater wird ebenfalls bis an sein Lebensende versuchen, dich – von mir weiß er ja nichts – zu retten, und wenn er es dann geschafft hat, wird er dich ›umbringen‹!« Matteo grinst. »Kommt mir nicht gerade wie eine Win-win-Situation vor.«

»Och nö«, protestiert Valérie verunsichert. »Jetzt nicht du auch noch. Ich bin diejenige mit dem halb leeren Glas, du mit dem halb vollen, okay? Oder sollen wir lieber alles abblasen?« Valérie bleibt stehen und sieht Matteo an. »Du hast ja schon recht, nur wegen eines Fotos unser Leben zu riskieren? Ich meine, ich habe Maman ja im Kopf, da kann sie mir keiner rausstehlen … Was meinst du?« Vor lauter Zweifel wird Valérie ganz schwer ums Herz. Es stimmt, das, was sie vorhaben, ist total bescheuert. Und fahrlässig. Und naiv. »Und dumm«, sagt Valérie laut. »Und kindisch. Ich meine, wir sind ja hier nicht bei den ›5 Freunden‹ oder den ›Drei ???‹«

»Sondern bei zwei ganz normalen Pariser Kids?«, fragt Matteo zurück. »Mit Eltern und Freunden, Schule und Ausflügen am Wochenende zu den Großeltern? Mit Taschengeld und Smartphone, Kino und Geschwistern, gemeinsamem Wochenendfrühstück und Spieleabenden? Mit shoppen gehen und Friseurbesuch, Adventskalender und Badewanne, Hausarrest und Geburtstagskuchen, Zahnspangen und –«

»Jaduhastrecht!«, unterbricht ihn Valérie. »Du hast recht … Bei uns ist echt nix normal. Außerdem geht's ja gar nicht in erster Linie um das Foto, sondern darum, dass wir Rrrrr …«, flüstert Valérie vielsagend, »… davon abhalten, weiter Jagd auf Gustave und mich zu machen. Und inzwischen ist sonnenklar, dass er auf keinen Fall aufgeben wird, selbst wenn ihm heute niemand etwas über uns verrät. Apropos normal«, fährt sie nach einer Pause fort. »Zum Beispiel trage ich in diesem Augenblick einhundert Millionen Euro teure Kunstschätze in meinem Rucksack spazieren …«

»Siehst du?«, ruft Matteo und dreht eine Pirouette. »Also das mit dem Rock ist doch lustig. Jetzt verstehe ich auch, warum du so gerne Kleider trägst. Man fühlt sich wie eine Blume im Wind. Fang mich, wenn du kannst …«, ruft er und rennt los.

Doch ihre ausgelassene Albernheit weicht einer aufmerksamen Wachsamkeit, je näher die beiden dem Zielort kommen. An der Rue Albert wollen sie sich trennen, um sich der *Villa Marguerite* von unterschiedlichen Richtungen zu nähern.

»Jetzt gilt's«, sagt Valérie.

»Jetzt gilt's«, erwidert Matteo.

Unschlüssig sehen sie sich an. Keiner weiß so recht, wie er sich verabschieden soll. Umarmen? Handschlag? Einfach so gehen?

Da hebt Matteo die Hand und Valérie schlägt ein.

»*Bonne chance*«, sagt sie.

»*A plus, ma puce*«, erwidert Matteo und Valérie läuft eilig davon, damit Matteo nicht sehen kann, dass ihr Tränen in die Augen steigen, weil er den Lieblingsausdruck ihres Vaters verwendet hat.

Doch jetzt verlangt sie von sich selbst, für die nächsten Stunden nur nach vorne zu sehen und weder seitwärts, rückwärts noch sonst wie in eine andere Richtung zu denken.

»Nur auf das konzentrieren, was vor mir liegt«, redet Valérie sich zu.

Sie beschreibt einen großen Bogen um das Grundstück der *Villa Marguerite* herum und nähert sich dem brachliegenden, verwilderten Garten. Dieses Mal von der Rückseite statt vom Nachbarhaus. Hier grenzt der Sicherheitszaun an eine zugemauerte Unterführung, deren Wände über und über mit Graffiti besprüht ist. Die herausgebrochenen Ziegelsteine und der Müll verraten, dass sie als Unterschlupf und Treffpunkt verwendet wird.

Der Zaun zur Villa ist hingegen unüberwindbar, denn er

ist stabil, meterhoch und oben mit messerscharfen Spitzen gesäumt, die ein Darüberklettern völlig unmöglich machen.

Unweit der Unterführung steht jedoch eine mächtige Platane, an ihrem Stamm ist eine Plakette befestigt, die sie als einen der ältesten Bäume von Paris auszeichnet. Valérie kennt den Baum nur zu gut, der Stamm hat in den Jahrzehnten seines Wachstums überall praktische Wülste und Knubbel entwickelt, die es kinderleicht machen, an ihm hinaufzuklettern – wenn man es kann.

Und Valérie *kann* es. Mit ein paar geschmeidigen Bewegungen erklimmt sie die alte Platane.

Weit oberhalb des Zauns teilt sich der Stamm in dicke Nebenäste, von denen einer über das Grundstück ragt. Die verrotteten Reste eines Seils verraten, dass hier vor langer Zeit einmal eine Schaukel gehangen haben muss.

Wie schön das bestimmt gewesen ist, hier zu schaukeln und dabei in die Äste des Baums zu sehen, denkt Valérie und richtet sich vorsichtig auf.

Sie balanciert nun auf dem mächtigen Ast, meterhoch über dem Garten. Die langen Triebe der Platane stehen zu dieser Jahreszeit in vollem Saft und recken sich kräftig in den Himmel. Die dünnen Lederhandschuhe geben Valérie einen festen Griff, als sie zwei der Triebe erfasst, behutsam umbiegt und sich an ihnen, wie mit einem Tau, in den Garten abseilt. Mit leisem Fauchen schnellen die Gerten zurück nach oben und Valérie duckt sich hinter einen Strauch. Doch alles bleibt ruhig, das Hauptaugenmerk von Rabraqueurs Männern liegt heute mit Sicherheit auf den zahlreichen Pariser Straßengaunern, die versuchen, eine Belohnung abzustauben.

Valérie hält sich trotzdem geduckt, zumal sie sich immer noch sicher ist, dass ihre seltsame Unsichtbarkeit aus irgendeinem Grund nicht für Rabraqueur und seine Leute gilt. Rasch bahnt sie sich einen Weg zu einer kleinen, von Efeu bewachsenen Sitzgruppe aus verschnörkeltem Gusseisen.

Valérie stellt einen der beiden rostigen Stühle zur Seite und wischt auf dem Boden eine dicke Schicht aus Erde, Blättern, Nadeln und Unkraut beiseite, mit der der Deckel des Einstiegs getarnt ist. Sie löst eine lockere Schraube in der Armlehne des Stuhls und benutzt das flache Eisenteil als Hebel, um den schweren Betondeckel aufzustemmen. Ächzend schiebt sie ihn so weit zur Seite, dass sie gerade so hindurchpasst. Valérie zieht eine Stirnlampe über den Kopf, tastet nach den Leitersprossen und lässt sich langsam in die Dunkelheit hinabgleiten.

Der Schacht ist schmal und führt senkrecht in die Tiefe. An den Wänden klebt modriger Schlamm, der dreckige Schlieren auf ihrem Kleid hinterlässt. Als beim nächsten Schritt die verrostete Stufe nachgibt, rutscht Valérie ruckartig ein Stück ins Bodenlose. Klappernd schlägt das Metallstück zwanzig Meter unter ihr auf den Steinboden und Valérie klammert sich erschrocken an die Leiter.

»Verdammt«, flucht Valérie und schließt für einen Moment die Augen.

Sie hasst diese luftabschnürende Enge in den Katakomben so sehr wie nur was. Valérie bemüht sich, nicht an die Steinmassen zu denken, die sich über ihr auftürmen, je tiefer sie hinabsteigt. Endlich ist die letzte Sprosse erreicht. Der Tunnel verläuft in zwei Richtungen und Valérie leuchtet die Wand ab, um das Zeichen zu finden. Denn kaum hat man den ersten Schritt in die inoffiziellen Gänge der unterirdischen Steinbrüche gesetzt, ist die räumliche Orientierung dahin.

Ah, hier ist sie, die Kerbe, die anzeigt, welcher Gang zum Kellergewölbe führt, denkt Valérie.

Hier unten in den Katakomben hört man keine Geräusche, man vernimmt weder den gewohnten Stadtlärm noch findet man ein Handynetz. Valérie empfindet die Katakomben so erdrückend, dass sie unbewusst schneller und tiefer atmet als sonst. Sie bemerkt es, als ihr davon schwindlig wird. Um ihren keuchenden Atem wieder unter Kontrolle zu bringen, stützt sie ihre Hände auf den Knien ab. Dabei beleuchtet die Stirnlampe die immergleichen Felsen. Überall Stein: über ihr, neben ihr, unter ihr. Und dazu das Wissen, dass in Valéries Rücken die totale, undurchdringliche

Finsternis lauert, macht die Sache nicht einfacher. Eine so tiefe, schwarze Dunkelheit, wie man sie sich oben gar nicht vorstellen kann.

»Ich hasse es«, flüstert Valérie.

Sie beißt die Zähne zusammen, richtet sich auf und läuft weiter. Doch mit jedem Schritt, den sie macht, kommt es ihr vor, als ob die Wände näher heranrückten. Obwohl es hier unten kühl ist, bricht Valérie in Schweiß aus.

Sie läuft schneller.

Es sind nur noch wenige Meter bis zum Aufstieg in den Keller der Villa, doch Valérie kommt es wie eine Ewigkeit vor. Endlich erfasst das Licht aus der Stirnlampe abermals eine Leiter. Valérie klammert sich an die letzte Stufe, macht einen Klimmzug, erreicht mit dem Fuß den Felsvorsprung und zieht sich hinauf. Mit jeder Sprosse, die sie nach oben steigt, wird ihr leichter ums Herz.

»Wenn jetzt die verfluchte Klappe nicht aufgeht, weil ein Idiot was draufgestellt hat, sind wir am Arsch«, flucht sie laut und wild, um ihre Angst vor genau dem zu vertreiben.

Mit fast tauben Fingern löst Valérie den Metallstift aus dem Haken des Schlosses. Kalkstaub rieselt ihr ins Gesicht, während sie sich mit der einen Hand an die Leiter klammert und mit der anderen versucht, die Klappe nach oben zu stemmen.

Sie bewegt sich keinen Millimeter.

»Mistmistmist«, schnauft Valérie und muss niesen. Hastig wischt sie mit dem Ärmel über die Nase und hinterlässt eine Lehmspur. »Ich hasse das«, wiederholt Valérie und drückt systematisch am Rand der Falltür entlang.

Da, jetzt bewegt sich etwas. Valérie drückt stärker und eine neue Wolke Dreck und Spinnweben rieselt hinunter, als sich der Deckel endlich aufklappen lässt.

»Igitt«, keucht Valérie und versucht, die Spinnweben aus den Haaren zu wischen. »Ich weiß schon, warum ich nicht öfter hier bin«, zischt sie und klettert in den Keller hinauf.

Ein modriger Geruch nach Muff und Schimmel schlägt ihr entgegen und Valérie muss krampfhaft schlucken, um den aufkommenden Hustenreiz zu unterdrücken. Sie kneift sich die Nase zu und niest so lautlos wie möglich. Dann schaltet sie die Kopfleuchte aus, das schummrige Licht, das durch das winzige Kellerfenster fällt, reicht aus, um sich zurechtzufinden.

Valérie sieht auf die Uhr und ist überrascht, wie lang sie gebraucht hat. Die Stollen verschlucken nicht nur sämtliches Tageslicht, sondern scheinen auch jedes Zeitgefühl durcheinanderzubringen. Sie muss sich beeilen, in wenigen Minuten wird Matteo bei Rabraqueur sein. Spätestens ab diesem Zeitpunkt muss sie wieder im Besitz des Fotos sein, denn anschließend sieht der Plan vor, dass sie ihn auf ihre Fährte lockt …

Valérie schleicht die Stufen zur Tür hinauf, die den Keller vom Wohnhaus der Villa trennt. Sie führt die lange Düse des Öl-Sprays tief ins Innere des rostigen, altmodischen Kastenschlosses. Mit leisem Zischen kriecht das Mittel hinein und Valérie setzt vorsichtig den Dietrich an. Die Lücke zwischen Tür und Rahmen ist so breit, dass Valérie zusehen kann, wie der Block sich langsam ins Scharnier zurückzieht. Doch trotz Öl quietscht er dabei so laut, dass Valérie innehält und lauscht.

Als auf der anderen Seite nichts zu hören ist, drückt sie millimeterweise die Türklinke hinunter – jetzt geht es geschmeidig, das Spray hat sich gründlich verteilt.

Valérie sieht wieder auf die Uhr.

»Das gibt's echt nicht«, murmelt sie. Sie beeilt sich sowieso schon und dennoch braucht alles so viel länger als erwartet …

Sie öffnet die Kellertür und lauscht mit geschlossenen Augen den Geräuschen des Hauses und seiner Bewohner. Der Zugang ins Untergeschoss befindet sich in einer Garderobennische, deswegen ist Valérie noch gut verborgen. Doch gleich muss sie den Gang entlang und die große Diele mit dem prächtigen Treppenhaus durchqueren, um in die Bibliothek zu gelangen. Diese bildet das Herzstück der Villa und ist das einzige Zimmer mit Kamin, weshalb sich Valérie und Matteo bei der Planung völlig sicher waren, dass

Rabraqueur sich dort eingerichtet hat – eine andere Möglichkeit sieht ihr minutengenau durchgetakteter Zeitplan auch gar nicht vor.

Valérie tritt aus dem Versteck. Aus dem Empfangsraum hinter der Haustür sind Männerstimmen zu hören, doch abgesehen davon schweigt das alte Haus, keine quietschenden Dielen verraten die Anwesenheit von Personen in anderen Etagen. Valérie schleicht los.

Je näher sie dem Foyer kommt, desto deutlicher kann Valérie hören, dass das Gemurmel der Männer an der Tür immer wieder von einer einzelnen Stimme unterbrochen wird, die wütend brüllt und flucht. Rabraqueur scheint ziemlich sauer zu sein.

Valérie blickt aus dem kleinen Zierfenster neben der Treppe, von dem aus man die Haustür im Blick hat.

»*Mon Dieu*!«, japst sie, als sie sich selbst dort in der Schlange der Wartenden entdeckt.

Es ist fast beängstigend, wie echt ihre List wirkt. Da, Matteo muss die Bewegung hinter dem Fenster wahrgenommen haben, denn Valérie sieht, dass er sich aus der Schlange löst und nun entschlossen auf den Eingang zugeht.

»Entschuldigung, zur Seite bitte, ich habe eine wichtige Mitteilung zu machen«, ruft er laut.

»Chef, sehen Sie mal …«, hört Valérie jemand rufen und fast augenblicklich entsteht ein Tumult im Empfangsraum.

Ab jetzt läuft die Zeit …

Valérie spurtet los.

Sie durchquert die Diele und öffnet langsam die Tür zur Bibliothek. Zum Glück ist das Zimmer leer, denn falls nicht, hätte sie keinen Plan B gehabt.

Der große Raum sieht noch genauso aus, wie Valérie ihn von ihrem letzten Besuch in Erinnerung hat. Die Bücher in den Regalen sind schön anzusehen, aber von Nahem betrachtet, bemerkt man die schimmelnden Ledereinbände, die voller Stockflecken und von Buchkäfern zerfressen sind. Es gibt auch noch den großen Schreibtisch, bloß die goldene Leselampe mit dem flaschengrünen Schirm, die Valérie so gerne mochte, ist verschwunden.

Hastig sieht Valérie sich um.

»Was fällt dir auf, was ist anders, woran bleibt dein Blick hängen, was sagt dein Bauchgefühl?«, fragt sie sich dabei.

Wände, Boden, Decke, Tischchen, das zum Bett umfunktionierte Sofa und noch mal von vorn.

Nichts.

Nirgends ist eine Ansammlung von persönlichen Dingen zu sehen, lediglich Schuhe und Kleidungsstücke liegen herum.

Gut, dann der Schreibtisch.

Mit gewohnter Präzision teilt Valérie das Durcheinander an Papieren, Pizzaschachteln, Stadtplänen und Zigarettenschachteln gedanklich in Quadrate ein und fängt an, es zu durchsuchen. Doch das Foto taucht nicht auf.

Sie öffnet die Schubladen und tastet die Fächer ab, auch Böden und Rückwände, aber auch dort ist das Foto nicht zu finden. Sie durchwühlt den Papierkorb und hebt den mottenzerfressenen Teppich an. Ebenfalls ohne Erfolg.

Valérie überlegt fieberhaft.

Das dauert zu lang …, denkt sie.

Um wenigstens irgendwas zu tun, während sie fieberhaft überlegt, öffnet sie den Rucksack, holt die in Zeitungspapier gewickelten Bilder heraus und legt das Päckchen in die unterste Schreibtischschublade.

»Wäre der Köder für die Polizei schon mal ausgelegt«, sagt sie, als die Stimmen aus dem Empfangszimmer immer aufgeregter klingen.

Wieder sieht Valérie auf die Uhr. Eine Minute noch, dann ist ihre abgesprochene Zeit vorbei und sie muss Matteo das ausgemachte Signal schicken. Wenn sie bis dahin die Fotografie nicht gefunden hat, ist sie für immer verloren.

»Wo, wo, wo zum Teufel versteckt man ein Foto?«, flüstert Valérie. »Wenn man es betrachten möchte, hängt man es auf, lehnt es irgendwo an, legt es einfach hin, klebt oder heftet es an die Wand …« – aber das hat Rabraqueur alles nicht getan. »Wenn es wirklich hier ist, was hat er damit angestellt? Denk, denk«, sagt sich Valérie.

Da fällt ihr etwas ein.

Was hat Matteo noch gleich von Rabraqueur erzählt, außer, dass er ein Unmensch ist?

»Bücher!«, schießt es Valérie in den Kopf. »Diese schreckliche Kerkerliste, hing sie nicht neben einem Bücherregal? Er umgibt sich also gern mit Büchern ...«

Valérie starrt auf die deckenhohen Regale. Dabei fallen ihr die Rätsel in den Beschäftigungsbüchern für Vorschulkinder ein, die Gustave, als sie noch ein kleines Mädchen war, stapelweise angeschleppt hat: »Finde fünf Unterschiede«, hieß beispielsweise eine Aufgabe. Oder: »Was passt nicht dazu? Was gehört nicht hierher?«

Valérie scannt in Windeseile Buch für Buch ...

Nein, das dauert zu lange, so kommt sie nicht weiter, es sind einfach viel zu viele: Sie sind neuwertig, verrottet, klein oder groß. Sie liegen gestapelt, gestopft, gequetscht oder umgekippt in den Regalen. Es gibt Wälzer mit braunem Lederrücken oder buntem Umschlag, Taschenbücher und Zeitschriften, ein wildes Sammelsurium aus den Lektüren der Hausbesitzer und Mieter der vergangenen Jahrzehnte ...

Ungenutzt verstreichen die kostbaren Sekunden, laut wie Donnerschläge hallen sie in Valéries Kopf.

Zeit-ver-rinnt, Zeit-ver-rint, höhnen sie.

Valéries Gedanken wirbeln, sie will nicht aufgeben, aber

ihr bleibt keine andere Wahl, sie darf Matteo auf keinen Fall im Stich lassen …

Doch da, völlig unvermittelt, geschieht es: Abrupt schweigen Valéries Gedanken, als ob sie das Auge des Sturms erreicht hätten.

Stattdessen hört sie eine Stimme.

Es ist die von Matteo: »Wie machst du das nur?«, fragt er und Valérie sieht ihn vor ihrem inneren Auge lachend eine Pantomime mit den Händen veranstalten. »Valérie, du bist die Meisterdiebin von Paris!«

Valéries Herz rumpelt. Natürlich, das ist es! Sie ist gar nicht hier, um etwas zu suchen, sondern um etwas *zurückzustehlen*!

»Also stiehl es auch zurück«, schimpft sie, setzt sich an den Schreibtisch und schließt die Augen.

Plötzlich bewegen sich ihre Hände und Finger, ganz von allein und ohne ihr Zutun. Es ist ihre Gabe, Bewegungen zu erahnen, die ihr jetzt hilft. Was tat Rabraqueur hier am Schreibtisch? Valéries Hände scheinen zu schreiben, etwas zu ordnen, umzublättern und wegzulegen. Dann halten sie inne, verharren in der Bewegung. Auf einmal nimmt die rechte Hand etwas vom Schreibtisch auf und Valérie kann gar nicht anders, als sich zu erheben, ganz so, wie Rabraqueur es auch getan haben muss. Sie dreht sich zum Bücherregal, ihre Augen sind immer noch geschlossen. Dann greift sie mit der linken Hand oberhalb ihres Kopfes zielsicher nach einem Buch und zieht es heraus, umständlich, denn es klemmt, während sie in der rechten Hand immer noch etwas Imaginäres festhält. Ist es das Foto ihrer Mutter, das der König der Diebe in einem Buch verstecken wollte?

Jetzt öffnet Valérie die Augen und schlägt das schwere Buch in ihrer Hand instinktiv dort auf, wo die Seiten sich nicht glatt zusammenfügen.

Darin liegt das Foto.

In der Bibliothek scheint die Zeit stillzustehen.

»Hallo, Maman«, haucht Valérie.

Dann, ohne auch nur eine Sekunde zu zögern, klappt sie das Buch wieder zu, stopft es in den Rucksack und stürzt hinaus. Sie kann es gerade noch rechtzeitig schaffen, Matteo das verabredete Signal zu schicken.

Für dieses reißt Valérie in der Diele den prächtigen Spiegel über der Konsole von der Wand. Mit ohrenbetäubendem Lärm zerschellt das Glas auf den schwarz-weißen Fliesen. Valérie fegt eine mächtige Blumenvase aus Messing hinterher, die scheppernd zweimal aufprallt, bevor sie über den Boden schlitternd gegen die Wand kracht. Auf dem Weg zum Kellereingang schleudert Valérie noch zwei leere Flaschen gegen ein Zwischenfenster, das klirrend zerbirst.

Valéries Atem geht stoßweise, als sie in der Garderobennische angekommen ist. Mit zitternden Fingern dreht sie die Stirnlampe an und starrt auf die Tür zum Empfangszimmer. Dieser Krach war bestimmt in ganz Paris zu hören.

Eigentlich will sie das, was jetzt gleich geschieht, gar nicht erleben. Sie will Rabraqueur nicht mal sehen, aber es muss sein, dieses Monster *muss* besiegt werden. Und noch etwas: Wenn Rabraqueur jetzt vom Lärm angelockt hereingestürmt kommt, bedeutet das, dass Matteo in Sicherheit ist. Zur abgesprochenen Uhrzeit hat er das Weite gesucht, so haben sie es ausgemacht. Der Lärm aus dem Inneren des Hauses sollte den verwirrten, aufgebrachten oder sich garantiert in einer anderen Missstimmung befindlichen Rabraqueur dazu bringen, hineinzustürzen, während draußen seine Männer verwirrt und hoffentlich erfolglos versuchen, das untergetauchte Mädchen wieder aufzutreiben.

Und genau das passiert jetzt.

Rabraqueur stürzt aufgebracht in die Diele.

Kapitel 17

Die Glasscherben knirschen unter Rabraqueurs Schuhen und das Fragezeichen über seinem Kopf ist fast zu sehen, als sein Blick das Mädchen in der Garderobennische erfasst.

»Was zum Teufel …?«, brüllt er. »Wie konnte das denn geschehen? Wie bist du verfluchtes Gör an mir vorbei ins Haus gekommen? Direkt vor meinen Augen? BLEIB STEHEN!«, tobt Rabraqueur und stürzt los.

Darauf hat Valérie nur gewartet und hastet die Treppe hinab in den Keller.

»WACHEN!«, hört sie Rabraqueur schreien, während er ihr ins Dunkel folgt.

Fluchend poltert Rabraqueur Valérie durch den Wirrwarr an Gerümpel hinterher. Aber sie ist flink, hat den Vorteil zu wissen, wo sie hinwill und ausreichend Licht. Doch beim hastigen Einstieg in die Bodenluke verhakt sich Valéries Rucksackträger am Knauf einer kleinen Kommode. Sie hängt fest und kommt einfach nicht weiter. Quietschend rutscht die Kommode näher ans Loch.

Rabraqueur fällt triumphierend auf die Knie, um mit seiner kräftigen Hand nach ihr zu schnappen.

»Hab ich dich, du freches Gör«, zischt er zwischen zusammengebissenen Zähnen hervor und seine Finger krallen sich schmerzhaft in Valéries Schulter.

»Fass mich nicht an!«, faucht Valérie und lässt sich abrupt zwei Sprossen gleichzeitig in die Tiefe fallen.

Durch den Ruck bricht der Knauf ab und der Rucksack löst sich. Gleichzeitig ist Rabraqueur gezwungen, den Pullover loszulassen, um nicht das Gleichgewicht zu verlieren und kopfüber in den Schacht zu stürzen.

»Na warte!«, brüllt er mit schneidender Stimme und Valérie hört ihn erneut nach seinen Männern rufen.

Doch auch diesmal kommt keine Antwort, das ist ein gutes Zeichen. Wie geplant scheinen sie alle hinter Matteo her zu sein. Rasch verscheucht Valérie den Gedanken daran und klettert zügig die Sprossen hinab.

Sie hört ein Poltern, als Rabraqueur zornig das Möbelstück zur Seite schleudert und ihr folgt.

In fliegender Hast lässt Valérie sich weiter in die Finsternis hinab, als oben auch schon Rabraqueurs Beine erscheinen.

Als sie im Stollen angekommen ist, droht ihr auch diesmal die Angst vor dem tonnenschweren Felsgestein den Atem zu rauben. Dieses Gefühl, lebendig eingemauert worden zu sein, lastet wie ein Stein auf ihrer Brust und kommt urplötzlich. Valérie beginnt unwillkürlich zu zittern. Doch dann erinnert sie sich an den Schatz, den sie eben gerettet hat.

»Nein, Maman, ich werde jetzt nicht aufgeben!«, flüstert sie und sieht sich um.

Rabraqueur hat es gleich geschafft, sein Atem klingt wie der eines gereizten Tiers, und Valérie hastet los. Nur noch wenige Meter, dann erreicht sie den Aufgang zum Garten, doch sie wird ihn ignorieren und Rabraqueur tiefer in die Grabkammern hineinführen.

Sie hört, dass ihr Verfolger näher kommt und sich schnaufend durch den niedrigen Gang vorwärtsschiebt. Es muss eine Qual sein, denn Rabraqueur ist massig und groß, der Fels gnadenlos und hart, und der Untergrund glitschig und voller Schlick. Zudem befindet sich Rabraqueur in beklemmender Dunkelheit, Valéries Kopfleuchte ist die einzige Lichtquelle dort unten – und wenn es jemanden gibt, der *noch* mehr Angst vor der beklemmenden Dunkelheit tief in der Erde unter Paris hat, dann ist es Rabraqueur …

Es war Matteos Idee, ihn in die Katakomben zu locken. Die keimte schon in ihm, als er die Adresse der Villa auf dem Fahndungsaufruf gelesen hat. Keiner weiß so gut wie Matteo, aus welchem Grund Rabraqueur den Kerker als Bestrafung verwendet: Weil er selbst nichts mehr hasst als

Dunkelheit und enge Räume. Seine Klaustrophobie verwenden sie jetzt gegen ihn, und es gibt keinen besseren Ort dafür als hier unten. Hier im Untergrund von Paris, wo sich Matteo so gut auskennt wie Valérie an der Oberfläche. Bevor er Valérie kennenlernte, waren die Gänge des verbotenen Teils der Pariser Katakomben nämlich sein geheimer Unterschlupf gewesen! Eine ganze Reihe von Menschen kommt regelmäßig hierher, um weitere Höhlen zu erforschen, Partys zu feiern oder sich vor der Polizei zu verstecken.

Und noch etwas hat Matteo ihr beim Pläneschmieden verraten: seine außergewöhnliche Fähigkeit, sich mit Leichtigkeit im Dunkeln orientieren zu können. Beiden war sofort klar gewesen, dass es keinen besseren Ort auf der Welt gab, um Rabraqueur verschwinden zu lassen, als die Pariser Katakomben.

»Du Mörder, du wirst niemandem mehr was tun können«, faucht Valérie, um sich selbst Mut zu machen. »Nie wieder!«

Valérie ist an der Gabelung angekommen, doch selbst hier reicht das spärliche Tageslicht, das durch den halb geöffneten Deckel fällt, nicht bis auf den Boden. Valérie würde nichts lieber, als hinaufsteigen.

Doch sie muss weiter. Dafür stellt sie sich so hin, dass sich der Gang zur Villa rechts von ihr befindet. Dann dreht sie sich nach links, legt die linke Hand an die Felswand und läuft los. Matteo hat diese Orientierungshilfe wieder und wieder mit ihr geübt, denn nun ist Valérie völlig auf sich allein gestellt und muss sich blind auf seine Wegbeschreibung verlassen.

Sie wird nun so lang mit der Hand an der Tunnelwand entlangstreichen, bis sie eine scharfe Kante im Stein erfasst. Dort soll sie rechts abbiegen.

»Egal wie lang es dir vorkommt und egal wie oft du dir vorstellst, dass du sie bestimmt verpasst hast, nirgendwo abbiegen, nicht umdrehen, nicht die Wand loslassen. Die Kante wird kommen«, hört sie Matteos eindringliche Worte.

Valérie wispert die Anweisungen ununterbrochen vor sich hin, doch schon nach wenigen Metern erfasst Valérie pure Panik: Wenn diese Kante nicht kommt, wenn sie irgendwas falsch macht, wenn, wenn …

Es geht nun stetig bergab, ein scheußliches Gefühl, immer noch tiefer ins Gestein vorzudringen. Zusätzlich hat Rabraqueur stetig den Abstand verringert, denn er kämpft sich rasend vor Wut vorwärts, scheint Angst und Schmerzen ausgeblendet zu haben.

»Wie kannst du es wagen, mich so an der Nase herumzuführen?«, brüllt er schwer atmend und seine Worte prallen wummernd von den Felswänden ab und treffen Valérie im Nacken wie der heiße Atem eines Drachen.

Valérie läuft schneller und ihre Lampe irrlichtert über die Felswände. Sie sehen immer gleich aus, egal wie lang Valérie schon an ihnen vorbeigeht. Kommt sie überhaupt voran? Bildet sie sich womöglich nur ein, zu laufen? Geht sie womöglich im Kreis?

»Bitte lass mich die Kante fühlen. Bitte lass Matteo am Treffpunkt sein«, betet Valérie. »Bitte lass mich den Weg finden.«

Mit aller Gedankenkraft verscheucht sie die Horrorgeschichten von Menschen, die sich hier unten verirrt haben und nie wieder aufgetaucht sind, ganz so, als seien sie von der Erde verschluckt worden.

Da ändert Valéries Verfolger plötzlich seine Taktik.

»He, Amélie, ich tu dir doch nichts«, säuselt Rabraqueurs verstellte Stimme unheilvoll hinter ihr. »Du gibst mir einfach die Bilder und wir vergessen alles andere. Gustaves Namen streiche ich von der Liste, hörst du? Das haben wir doch vorhin so besprochen. Du bist extra deswegen zu mir gekommen, kleine Amélie. Warum rennst du denn jetzt weg? Hab keine Angst!«

Valérie spuckt verächtlich einen Klumpen zähen Speichels aus. Die Zunge klebt ihr vor Durst am Gaumen. Für wie dumm hält Rabraqueur sie eigentlich? Dass er sie Amélie genannt hat, hilft irgendwie, das Ganze nicht persönlich zu nehmen. Am liebsten würde sie ihm einfach ihre

Meinung ins Gesicht brüllen, aber so mutig – oder leichtsinnig – ist sie nicht.

»Wann kommt endlich diese blöde Kante«, flucht Valérie, als sie mit dem nächsten Schritt in eine tiefe Wasserlache tritt und stolpert.

Um den Sturz aufzufangen, streckt sie instinktiv die Arme aus und prallt dennoch auf ein Knie. Der Schmerz treibt ihr die Tränen in die Augen.

»Ich helfe dir, warte«, ruft Rabraqueur. Seine Stimme tropft vor Falschheit.

Valérie rappelt sich keuchend auf. Ihr Schuh ist vollgesogen mit eiskalter Nässe und die Bewegung schickt ein schmerzhaftes Stechen durchs Knie.

»*Aïe*«, wimmert Valérie und will weiterhasten, doch dann taumelt sie abermals.

Für eine Sekunde ist ihr schwarz vor Augen und als sich ihr Blick wieder klärt, stellt sie fest, dass sie die Orientierung verloren hat.

Vollkommen.

Vor ihr liegt tiefste Schwärze, die Stirnlampe hat sich verstellt und erhellt nun die in den Felsen geschlagene Tunneldecke unmittelbar über ihrem Kopf.

Rasch richtet Valérie den Strahl wieder waagerecht aus und lauscht, aus welcher Richtung Rabraqueurs Geräusche kommen. Wer hätte gedacht, wie froh sie mal über Rabraqueurs schnaufenden Atem sein würde, der ihr anzeigt, wo in der Finsternis vorne und hinten ist. Valérie legt die linke Hand erneut an die Tunnelwand und hastet humpelnd weiter.

»Kante, Kante, Kante«, wispert sie und mit einem Mal spürt sie tatsächlich eine Veränderung unter ihren Fingern.

Die Wand fühlt sich nicht mehr rau und porös wie Kalksandstein an, sondern kühl und glatt, fast wie poliert. Valérie rührt die Hand nicht von der Stelle, während sie die schmale Felsnase betrachtet.

Erleichtert entdeckt sie vor sich nun auch einen weiteren Tunnel, der mit einem leichten Schlenker ins Gestein führt, eine Art Kreuzung.

»Ich muss hier schräg rechts. Schräg rechts«, murmelt Valérie.

Nur mit äußerster Willensanstrengung gelingt es ihr, die Hand von der Wand zu nehmen, um die Route zu verlassen. Doch sie zögert kurz. Valérie hat selbst auf dem schmalsten Steg keine Schwierigkeiten mit der Balance, doch hier, mitten im Nirgendwo, fühlt sie sich freihändig plötzlich so unsicher wie noch nie.

Rabraqueur bewegt sich inzwischen geschmeidiger, der Gang ist schon eine ganze Weile etwas höher und er kommt schneller voran. Wenn Valérie jetzt nicht reagiert, holt er sie ein.

Valérie zählt bis drei, biegt in den zweiten Tunnel ab und läuft weiter. Der Untergrund ist hier noch unebener und macht das Laufen mit dem verletzten Knie umso schmerzhafter. Modriges Wasser fließt in einer matschigen Vertiefung den Gang entlang. Der Gestank nimmt Valérie fast den Atem. Doch es hilft, sich an den Gedanken zu klammern, dass Matteo gar nicht weit von hier in einer Nische im Felsen auf sie wartet.

Ihr Blick gleitet an den buckligen Wänden entlang.

Ist das wirklich der richtige Weg? Sie läuft doch jetzt schon ewig durch diesen Gang, wo ist denn das Versteck? Sieht Matteo denn nicht, dass sie schon da ist? Hat er nicht gesagt, dass man den Spalt ganz schnell erreicht hat?

»Matteo«, haucht Valérie leise, doch sie erhält keine Antwort.

Panisch bleibt Valérie stehen.

Hier unten gibt es nicht mal Farben, denkt ihr überforderter Kopf. Nur grau und braun und dunkel und finster.

Valérie spürt Schweißperlen auf der Oberlippe, obwohl es sie fröstelt.

»Matteo?«, wiederholt sie verzweifelt.

Ob ihm was passiert ist?

Hat die geballte Wächterkraft Matteo doch wieder erstarren lassen?

Oder ist sie falsch abgebogen?

Hat sie sich verirrt?

Vielleicht ist der richtige Gang weiter rechts? Hat sie »schräg« vielleicht falsch interpretiert?

Valéries Gedanken überschlagen sich.

Inzwischen hat Rabraqueur die Kreuzung fast erreicht und Valérie wendet sich ihm unwillkürlich zu. Schwer atmend stützt er sich auf die Knie. Im Licht ihrer Stirnlampe erkennt sie sein schweißglänzendes, hochrotes Gesicht.

Als sich Rabraqueur aufrichtet, um dem Schein zu folgen, hat Valérie einen Einfall.

In der Dunkelheit wird er den richtigen Gang vielleicht nicht finden, das verschafft ihr ein wenig Vorsprung. Ganz sicher wird Matteo in der Zwischenzeit auftauchen. Blitzschnell dreht sie die Lampe aus und lehnt sich mit dem Rücken an die Felswand.

Doch die plötzliche Schwärze trifft nicht nur Rabraqueur unvorbereitet. Vor Valéries Augen tanzen kleine Lichtpunkte, von denen ihr schwindelig wird. Aber ihr Trick scheint zu funktionieren, denn Rabraqueur brüllt seine Wut in die Tiefe der Katakomben.

»Mach das Licht wieder an, du Kröte!«, kreischt er. Panik schwingt in seinem Gebrüll mit. »Ich sehe verflucht noch mal meine eigenen Hände nicht mehr! Wo bist du? Komm raus!«, tobt er und eine irritierende Mischung aus Echo und verschluckten Lauten, die durch die verschiedenen Gesteinsschichten hervorgerufen wird, wabert durch die Gänge.

Rabraqueurs Rufe werden lauter und leiser, je nachdem wohin er sich dreht, und Valérie weiß, dass er die Orientierung verloren hat.

Sie legt die Hand zurück an die Tunnelwand und läuft langsam los. Als sie zwanzig Schritte gemacht hat, knipst sie die Stirnlampe wieder an.

»Wenn ich richtig bin, kommt dieser Spalt noch. Er kommt noch, er kommt noch«, redet sich Valérie Mut zu.

Darin kann sie sich verstecken, bis Rabraqueur sich irgendwie in Luft aufgelöst hat. Eigentlich sollte Matteo ja darin auf sie warten, aber er scheint noch nicht da zu sein. Doch er wird sie bestimmt finden, schließlich war der Spalt als Treffpunkt ausgemacht.

Da wird Rabraqueurs Gebrüll wieder lauter. Offensichtlich hat er die richtige Abzweigung erwischt und sieht in der Ferne das Licht.

»*Merde*«, flucht Valérie und wird von einer neuen Panikwelle überschwemmt.

In diesem Augenblick fasst ihre Hand plötzlich ins Leere: der Spalt! Valérie zwängt sich hinein, so tief sie kann. Wenn Rabraqueur an ihr vorbei ist und Matteo wirklich nicht kommt, wird sie eben allein den Weg zurück zum Gartenausstieg finden.

Bestimmt finde ich ihn, denkt Valérie. Ganz sicher. Ganz sicher. Ganz sicher.

Sie bemüht sich, so geräuschlos wie möglich zu atmen und quetscht sich noch ein Stückchen weiter hinein. Dann knipst sie die Lampe aus, tastet in der Rocktasche nach dem Pfefferspray und legt die Stirn an den kühlen Stein.

Und bevor sie sich noch stärker in ihre Ängste hineinsteigern kann, wie tief unter der Erde sie in einem unbekannten Labyrinth in einer Felsspalte klemmt, verfolgt vom König der Diebe, nimmt sie den Hauch eines sich nähernden Lichtscheins wahr.

»Matteo«, raunt Valérie und würde am liebsten jubelnd aus dem Versteck springen, doch sie bleibt sicherheitshalber in Deckung. Es können immerhin auch die Wächter sein …

Auch Rabraqueur hat bemerkt, dass das Licht, dem er vermeintlich folgt, plötzlich auf ihn zukommt.

»Ich seh dich, komm her!«, schreit er. »Ich helf dir! Komm zum Onkel!«

»Perfekt«, flüstert Valérie, denn Rabraqueurs Stimme klang nah, aber nicht so, dass sie es nicht wagen könnte, aus der Nische zu lugen. »Gott sei Dank!«, entfährt es ihr quiekend, als sie erkennt, dass es tatsächlich Matteo ist, der sich da nähert. »Ich bin hier«, wispert sie erleichtert und läuft ihm entgegen.

»Ah!«, brüllt Rabraqueur. »Aha, da bist du ja wieder«, als das Licht von Matteos Taschenlampe sie erfasst. »Nicht weglaufen, komm zu mir!«

»Hey«, sagt Matteo gelassen und grinst über das ganze Gesicht.

»Ich dachte schon, du kommst nicht mehr«, wispert Valérie und Matteo deckt gleichzeitig das Licht der Taschenlampe ab. Die Überraschung für Rabraqueur soll gelingen.

»Sorry, dass ich nicht in der Nische war und dich erwartet habe. Aber es hat alles etwas länger gedauert. Ich habe nämlich beschlossen, die Wächter nicht abzuhängen, sondern sie auch hier runterzulocken. Tja, und dann haben sie sich wohl ein wenig verlaufen …«, flüstert er und malt Gänsefüßchen in die Luft. »Und, hast du das Foto?«

»Ja«, erwidert Valérie.

»Du bist der Hammer«, sagt Matteo. »Zweiter Akt, jetzt?«

»Okay«, wispert Valérie und ergreift Matteos Hand.

»*Voilà*«, flüstert Matteo und richtet dann den Strahl der Taschenlampe auf sich, damit Rabraqueur ihn sehen kann.

»Ah, warte!«, brüllt Rabraqueur und hastet auf die beiden zu. Als sie nur noch wenige Meter trennen, tritt Valérie neben Matteo in den Lichtkegel, ganz so, als hätte sie sich verdoppelt.

Abrupt bleibt Rabraqueur stehen und schnappt nach Luft.

»Es gibt euch zwei Mal?!«, ruft er ungläubig.

»Nein«, antwortet Valérie. »Nein«, wiederholt sie und klingt fast ein wenig übermütig dabei. »Das ist eine Halluzination. Wegen der giftigen Dämpfe hier unten, Monsieur.«

»Wir haben nur noch wenige Minuten, bis wir ersticken«, ergänzt Matteo. »Ich habe solche Angst!«

Die beiden beginnen langsam rückwärts zu gehen. Erst werden sie Rabraqueurs Panik vor der Dunkelheit weiter und weiter anstacheln, um ihm dann die Rettung anzubieten.

»Folgen Sie mir, ich bringe Sie sicher nach oben. Hier unten ist kaum mehr Luft«, sagt Valérie.

»Aber ich höre doch zwei Stimmen«, poltert Rabraqueur schwer atmend.

»Das macht der Sauerstoffmangel«, ruft Valérie. »Schnell, Sie haben doch schon Atemnot.«

»Bald setzt Ihr Herz aus. Das merken Sie an Ihren Schweißausbrüchen«, ruft Matteo.

»Und an der Orientierungslosigkeit«, fällt Valérie ein.

»Sie haben doch auch Sehstörungen und Herzklopfen«, ruft Matteo.

»Ja, das habe ich …« Rabraqueur schnappt röchelnd nach Luft und läuft schwerfällig weiter. »Mir geht's wirklich nicht gut. Warte, Mädchen …«

Valérie und Matteo können hören, dass sie ihm tatsächlich Angst eingejagt haben.

»Es klappt«, flüstert Matteo.

»Wenn ich Sie rausbringe, lassen Sie meinen Vater dann in Ruhe?«, fragt Valérie, während Matteo die kleine Gruppe unermüdlich immer tiefer in das Gewirr aus Schächten und Gängen führt, als hingen die Wände voller Wegweiser und Hinweisschilder.

»Aber natürlich, mein Täubchen«, verspricht Rabraqueur mit mühsam säuselnder Stimme. »Und dir wird der gute Onkel Raoul auch nichts tun, wenn du mir die Bilder gibst.« Rabraqueurs Atem geht rasselnd.

»Wie lang noch?«, wispert Valérie.

»Wir sind da.« Matteo lässt sich auf die Knie sinken und leuchtet den Boden ab. Da, an zwei Eisenhaken hängt eine Strickleiter, die tief in eine Höhle hinab führt. Sie sind am sogenannten Schwimmbad angekommen, einer Höhle im Gestein. Nach starken Regenfällen gehen die Katakombenliebhaber hier baden. »Denk dran, auf Höhe der fünften Sprosse in den Stollen in der Wand zu wechseln«, betont Matteo.

»Oui, Onkel Raoul, du bekommst die Bilder«, ruft Valérie, bevor sie hinabklettert, »aber wir müssen uns beeilen, der Sauerstoff wird immer knapper, schnell. Siehst du, nur noch ein paar Schritte, komm her, klettere die Strickleiter nach unten, dort ist der Ausgang, dann sind wir frei.«

»*Grâce au ciel*, dem Himmel sei Dank«, hört Valérie Rabraqueur japsen, gerade als Matteo sich von der Strickleiter aus in die Nebenhöhle hangelt.

Die beiden müssen nicht lange warten, bis sich Rabraqueur rücklings in die Grube schiebt und er versucht, die baumelnde Strickleiter unter Kontrolle zu bringen. Valérie und Matteo beleuchten mit ihren Lampen den Boden des Schwimmbads, damit Rabraqueur dabei auf nichts als das rettende Licht fixiert ist.

Als er mit rasselndem Atem den Höhlenboden erreicht und die Strickleiter loslässt, angelt Valérie blitzschnell danach und zieht sie zu sich. Mit einem Taschenmesser durchtrennt Matteo die Seile. Die Reste der Strickleiter hängen nun in unerreichbarer Höhe über dem Boden des Schwimmbads. Und noch während Rabraqueur in den letzten Sekunden des verbleibenden Lichts fassungslos auf die Tunnelwände starrt, robben Valérie und Matteo schon zum Ausgang der trichterförmigen Röhre in die Freiheit. Rabraqueur ist gefangen.

Und selbst wenn es ihm irgendwie gelänge, hinaufzuklettern, niemals würde er durch den winzigen Ausstieg, der nun vor ihnen liegt, passen. Die Röhre ist so eng, dass Valérie nach wenigen Sekunden kaum mehr richtig atmen kann.

»Ich krieg keine Luft mehr«, schluchzt sie. »Ich muss hier raus!«

Matteo kriecht noch schneller und als er hindurch ist, streckt er Valérie die Hände entgegen.

»Mach die Augen zu, ich ziehe dich. Erst aufmachen, wenn ich es sage«, sagt er, um Valérie vor der Panikattacke zu bewahren. Genau im passenden Moment ertönt das schrecklichste Wutgebrüll, das Valérie je gehört hat und von diesem wunderbaren Geräusch des Sieges über den König der Diebe, wird sie fast von allein nach draußen gespült.

»Alles gut. Jetzt kannst du gucken«, verkündet Matteo, als Valérie sich nach draußen gequetscht hat. Doch ihre Nase hat ihr längst verraten, wo sie sich befinden.

»Kacke«, sagt Valérie und rappelt sich neben Matteo auf.

»Kann man so sagen«, erwidert er grinsend.

Die beiden stehen im gemauerten Gewölbe eines Égouts, einem Abwasserrohr des zweitausendvierhundert Kilometer langen Kanalnetzes der Pariser Kanalisation. Ratten huschen an ihnen vorbei.

Doch Valérie nimmt all das kaum wahr. Den Gestank, den Unrat im Kanal, das Erklimmen der provisorischen Sprossenwand und den Ausstieg aus einem stillgelegten Kanaldeckel in die Freiheit.

Kapitel 18

Valérie kommt erst wieder richtig zu sich, als sie bemerkt, dass sie rennt.

Sie rennt und atmet und lacht. Über ihr der in allen orangeblauen Farben leuchtende Sonnenuntergangshimmel und unter ihren Füßen das frisch gemähte, duftende, saftig grüne Gras des Jardin du Luxembourg.

»Du kannst jetzt übrigens wieder loslassen«, sagt Matteo lachend, als sich die beiden auf zwei der typischen grünen Liegestühle des Parks fallen lassen. Valérie löst langsam ihre um seine Hand verkrampften Finger.

»Wir haben's geschafft!« Valérie legt den Kopf in den Nacken und jubelt, so laut und unbeschwert, wie schon lange nicht mehr. »Wir haben's tatsächlich geschafft …«

»Was dachtest du denn?«, winkt Matteo ab. »Easy! Können wir jetzt bitte diese Piksdinger rausmachen, ich halt's keine Sekunde länger aus.«

Valérie laufen still die Tränen übers Gesicht, als sie sich die Handschuhe von den Fingern schält und ihm die Haarnadeln aus dem Knoten zieht. Erleichtert wuschelt Matteo sich durch die Haare.

Valérie wischt sich übers Gesicht, kniet sich auf die Wiese und legt ihr Ohr aufs Gras.

»Ich schwör's dir«, sagt sie schniefend, »man kann ihn von hier toben hören! Viel Vergnügen da unten, Onkel Raoul!«

Dann legt sie sich auf den Rücken und sieht in den Himmel.

»So viel Platz und sooo viel Luft! Ich glaube, ich habe noch nie so gern den Himmel gesehen«, erklärt sie.

»Und ich glaube, ich hätte noch nie so gern ein Foto gesehen«, erwidert Matteo.

Valérie setzt sich wieder in den Stuhl und nimmt den Rucksack auf den Schoß.

Valérie spürt das Gewicht des großen Buches auf ihren Beinen. Jetzt, wo sie ganz sicher sein kann, dass das Foto wieder bei ihr ist, und Rabraqueur Gustave und ihnen nichts mehr anhaben kann, empfindet sie die Vorfreude darauf, es zu betrachten und Matteo zu zeigen, als eines der schönsten Gefühle der Welt.

»Papa wird so stolz sein«, sagt sie und ein glückliches Lächeln liegt auf ihrem Gesicht. »Und Edith und Piaf!«

»Das waren sie sowieso schon die ganze Zeit«, erwidert Matteo. »Nun mach schon, büüütte!«

Valérie öffnet den Reißverschluss und kramt im Rucksack

herum. Sie zieht einen Briefumschlag hervor und wedelt damit herum. »**An die Polizei – Zeugenhinweis Kunstraub**« steht darauf. Darin haben die beiden beschrieben, wo in der *Villa Marguerite* die gestohlenen Kunstwerke zu finden sind und ebenso, dass der dazugehörige Dieb im Schwimmbad in den Katakomben auf Hilfe wartet …

»Ach guck, der Brief für die Polizei«, sagt sie. »Du, sollen wir den wirklich jetzt schon einwerfen? Reicht nicht auch noch morgen? Wahrscheinlich lesen die heute Abend gar keine Post mehr. Und eine Nacht ganz allein da unten, zur Strafe … hm?«

»Also wenn du mich fragst …«, erwidert Matteo schadenfroh.

»Also wenn du mich fragst, auch«, meint Valérie. »Sooo eilig ist es nun auch wieder nicht. Bis morgen kann er da unten …«, sie stampft mit dem Fuß auf, »ruhig noch schmoren.«

»Und regnen soll es nicht, er wird also nicht schwimmen müssen«, sagt Matteo. »Und selbst wenn die Wächter inzwischen einen Weg rausfinden oder Katakombenleute treffen, die sie hinausgeleiten, dann werden sie ganz möglicherweise ihren Grips einschalten und so schnell wie möglich untertauchen. Ohne Rabraqueur. Das ist *die* Gelegenheit. Und keiner von denen wird auch nur einen Gedanken an das Bild … äh … die Bilder verschwenden«, verbessert sich Matteo.

»Warte …« Valérie blickt ihn prüfend an. »Wie war das im Mittelteil?«

»Alle sind da unten im Stockdunkeln, sie kommen nicht raus und in den Brief schreiben wir noch rein, dass weitere Bandenmitglieder dort herumirren«, erklärt Matteo unschuldig. Dann wiegt er den Kopf. »Na guuut …« Er tut so, als ob er einen Fächer in der Hand halten würde und bewegt ihn geziert hin und her. »Nun«, sagt er, »die gelbe Dame konnte mich davon überzeugen, dass es ihr bei euch besser gefällt als im Museum. Besonders deswegen, weil sie Piaf immer bitten kann, sie zu kratzen, wenn es irgendwo juckt. Das sei eine riesige Erleichterung, hat sie mir gesagt. Überleg mal, sich hundert Jahre nicht kratzen zu können!«

Matteo prustet los, als er Valéries fassungslosen Gesichtsausdruck sieht.

»Und … und … was hab ich in Wirklichkeit bei Rabraqueur versteckt?«, fragt sie.

»Öhm …«, druckst Matteo herum. »Den Olivenbaum … und äh … einen Müslikarton mit Dachziegeln drin.«

Der Lachanfall, den die beiden daraufhin bekommen, ist so laut, dass irgendwo ein Käuzchen eine Antwort ruft.

Als sie sich wieder beruhigt haben, holt Valérie das Buch hervor.

Im trüben Licht der Bibliothek ist ihr gar nicht aufgefallen, was sie da für ein prächtiges Werk hat mitgehen lassen. Doch noch bevor sie Matteo diesen Eindruck mitteilen kann, hört sie, wie dieser nach Luft schnappt. Er springt auf und veranstaltet einen sehr speziellen Das-geschieht-dir-recht-Tanz mit Siegerfaust und Bodybuilder-Pose und rudernden, angewinkelten Yes-Yes-Yes-Armen. Und weil Matteo beim Herumhopsen in dem geblümten Rüschenkleid ein wenig aussieht wie eine durchgedrehte Hexe, bricht Valérie erneut in Gelächter aus.

»Ich glaube, ich habe an einem einzigen Tag noch nie so viel Angst und Freude hintereinander gehabt«, japst sie, als sich Matteo wieder neben sie in den Stuhl fallen lässt. »Ich lache und heule dauernd abwechselnd … Was war das denn jetzt für ein Tanz?«

»Hat man das nicht erkannt, soll ich noch mal?«, ruft Matteo.

»Bloß nicht«, kichert Valérie. »Ich schätze das war Schadenfreude oder so ähnlich.«

»Ich sollte Schauspieler werden«, stellt Matteo zufrieden fest. »Du brauchst übrigens nichts zu werden, denn du bist es schon: eine Meisterdiebin. Habe ich, glaub ich, schon mal gesagt. Du hast nämlich ganz nebenbei Raoul Rabraqueurs kostbarsten Besitz gestohlen!« Matteo macht eine Kunstpause. »*Das geheime Buch der Diebe*. Jetzt …«, er fängt an zu kichern, »bist *du* die Königin der Diebe und er …«, Matteo strahlt, »sitzt in einem dunklen, unbekannten Loch tausend Kilometer unter Paris und kein Mensch auf der Welt weiß, dass er dort ist. Vielleicht sollten wir die Chance nutzen und den Brief einfach gar nicht einwerfen? Das …«, er tippt auf das Buch, »hat Rabraqueur gehütet wie einen Schatz. Es stand in seiner Bibliothek in der Burg. Es gab sogar einen speziellen Buchwächter dafür. Und immer, wenn er schlechter Stimmung war, hat er darin gelesen. Also oft.« Matteo holt Luft. »Ich weiß sogar, *wo* es stand. Wie oft habe ich Rabraqueur heimlich in seiner Bibliothek beobachtet. Aber ich hatte keine Chance gegen den Erstarrungszauber. Ich hätte alles dafür getan, zu erfahren, was so Spannendes …«

Matteo hält inne, weil Valérie die Augen geschlossen hat und ihre Hände anfangen, sich zu bewegen.

»So habe ich vorhin in der Bibliothek das Buch gefunden. Ich saß am Schreibtisch und plötzlich ist alles Weitere von alleine passiert. Und es ist wirklich dieses spezielle Buch?«, fragt sie ungläubig.

»Absolut«, bestätigt Matteo. »Siehst du die goldenen Zeichen auf dem Umschlag? Bevor er es aufgeschlagen hat, ist er oft darübergefahren.«

Matteo und Valérie lassen gemeinsam ihre Fingerspitzen über die wulstigen Erhebungen im Leder gleiten.

»Wow. Wir lesen es zusammen, ja? Von vorne bis hinten,

jedes Wort. Es hat übrigens das kostbarste Lesezeichen der Welt«, sagt Valérie und schlägt das Buch an der Stelle auf, wo sich das Foto befindet.

Sie runzelt die Stirn, als sie die Brandspuren bemerkt. »Maman, darf ich dir Matteo vorstellen?«

Lächelnd reicht Valérie ihm das Foto. Dabei lösen sich winzige Fetzen des verkohlten Papiers, die der Abendwind sachte mit sich fortträgt, als wolle er die hässlichen Verbrennungen ungeschehen machen.

Eine ganze Weile ist Matteo in die Betrachtung des Fotos vertieft. Dann gib er es Valérie zurück.

»Sie ist sehr schön, deine Maman«, sagt er. »Sie sieht aus wie du in Erwachsen.«

»Das sagt Papa auch immer«, erwidert Valérie leise.

»Und was steht hinten drauf?«, will Matteo wissen und zieht seinen Stuhl näher an Valéries.

»Oh, keine Ahnung, ich kenne das Foto nur im Rahmen«, antwortet sie erstaunt, dreht es um und hält es so, dass Matteo mitlesen kann.

Jemand hat mit einem blauen Kugelschreiber etwas darauf geschrieben, das Datum ist unleserlich und halb verbrannt, doch die übrigen Worte sind noch gut zu erkennen.

Matteo und Valérie stecken die Köpfe zusammen und ihre braunen Haarschöpfe verschwimmen zu einem.

Für meine Kinder
V. und M.

Gemeinsam besitzt ihr die Große Gabe.
Hütet sie.
Und passt aufeinander auf. Immer.

Avec tout mon amour,
Maman

Valérie und Matteo sehen sich an.

Zu unbegreiflich scheint, was die Worte bedeuten könnten.

Schweigend warten sie darauf, dass der andere zuerst etwas sagt. Eine Unmenge an Gedanken und Möglichkeiten schwirrt ihnen im Kopf herum. Und jeder einzelne ist zu beängstigend, wundervoll, kompliziert und einleuchtend zugleich, um ihn irgendwie geordnet zu äußern …

»Soll das etwa heißen …?«, presst Valérie nach einer Weile hervor.

»Kann es sein, dass wir …?«, fragt Matteo im selben Moment.

»Du zuerst«, rufen beide gleichzeitig.

Dann ist es wieder still.

Selbst der Lärm des abendlichen Paris scheint gedämpfter durch den Park zu dringen.

»Ich weiß ja nicht, was du denkst …«, beginnt Valérie nach einer Weile und betrachtet Matteo dabei so eindringlich, als sähe sie ihn zum ersten Mal. »Könnte es sein, dass mit M Punkt du gemeint bist?« Sie ist froh, dass es endlich ausgesprochen ist. »Weil wenn das so ist, dann scheinen wir noch so 'ne spezielle Gabe zu haben … Und ich dachte immer, mit Gabe meint Papa diese Sache, dass man mich nicht sehen kann oder dass ich Bewegungen vorausahne … Jedenfalls, dann würde das also heißen …«, stammelt sie hilflos ums Wesentliche herum.

»… dass wir Geschwister sind«, ergänzt Matteo fast lautlos.

Prompt bricht Valérie wieder in Tränen aus, kaum dass Matteo die Worte gesagt hat.

Doch auch er muss schlucken. Verlegen reibt er sich über die Nase.

»Also das wäre ja schon krass«, murmelt er. »Denn dann wärst nicht nur du meine …«, er macht eine kurze Pause, bevor er weiterspricht, »Schwester, sondern …«

»… du auch mein Bruder«, schluchzt Valérie. »Zwillingsbruder sogar.«

»Und wenn die Frau auf dem Foto nicht nur deine, sondern auch meine Maman ist, dann ist Gustave …«

»… auch dein Papa!« Valérie legt ihren Kopf auf Matteos Schulter und schlingt die Arme um ihn. Die Tränen graben helle Spuren in ihr lehmverschmiertes Gesicht. »*Mon Dieu*, ich hatte die ganze Zeit einen Bruder und Papa hat mir nichts erzählt?« Valéries Stimme klingt hoch und verzweifelt.

»Schschsch …«, macht Matteo sanft. »Ich hatte die ganze Zeit eine Familie und wusste nichts davon …«

»Stimmt«, heult Valérie, »das ist ja fast noch schlimmer.«

»Äh … Schwester?«, sagt Matteo. »Jetzt tust du mal, was dein großer Bruder dir sagt und hörst mit dem Geheule auf. Wie wäre es stattdessen mit Freuen?«

Valérie richtet sich auf. »Also wer hier älter ist, werden wir noch klären, kleiner Bruder«, erwidert sie. »Oh Mann, vor ein paar Minuten dachte ich noch, der Tag könnte heute gar nicht noch schöner werden!«

»Heißt das, dass du es gut fändest, wenn ich dein Bruder wäre?«, fragt Matteo leise.

Valérie sieht Matteo fest ins Gesicht.

»Jetzt weiß ich endlich, warum ich mir seit ich denken kann, Geschwister gewünscht habe«, sagt sie. »Weil ich Teil von einem Zwillingspaar bin. Und Papa …« Valérie sieht seufzend in die Ferne, bevor sie Matteo wieder anblickt, »… der wird wahrscheinlich tagelang durchheulen, wenn er von dir erfährt.« Sie lächelt, während ihr Tränen aus den Augen laufen. »Der ist in so was noch schlimmer als ich. Und dann wird er dich genauso lieb haben wie mich. Und dir zeigen wollen, wie man diese ganzen Handwerkssachen baut. Und lötet und schraubt und konstruiert und zusägt und leimt und was weiß ich.« Valérie fährt sich mit dem Ärmel über die Augen. »Ja. Das wird er.« Sie zieht die Nase hoch. »Und ich bin gar nicht wirklich böse auf Papa, dass er nie etwas erzählt hat. Das Wichtigste ist für ihn, mich zu beschützen. Und da gehörte dieses Geheimnis wohl dazu. Er hatte ja nicht nur seine Frau verloren, sondern auch sein zweites Kind. Und wenn er Maman schon so sehr vermisst, wie muss er erst dich vermissen! Wenn ich bei Maman gewesen wäre, als die Wächter sie geschnappt haben, dann wäre jetzt alles genau umgekehrt. Vielleicht, vielleicht aber auch nicht, und wir hätten uns nie getroffen …«

Valérie weint und Matteo streichelt ihr beruhigend über den Rücken.

»Also meine Antwort ist Ja, ich nehm dich als Bruder«, murmelt sie in den tränennassen Stoff.

Matteo entfährt ein kleines, glückliches Geräusch.

»Ich habe eine Familie. Ich habe einen Vater und eine Schwester«, flüstert er.

Dann halten sich die beiden noch eine Weile eng umschlungen, lauschen dem Atem des anderen, spüren seinen Herzschlag, hören das Weinen, fühlen die Wärme dieses fremden Körpers, der dem eigenen gleichzeitig so ähnlich ist wie sonst keinem auf der Welt.

Erst als die Spitze des fernen Eiffelturms mit seinem Gefunkel eine weitere Nacht in Paris einläutet, lassen sie voneinander ab und lesen noch unzählige Male die Inschrift auf dem Foto.

»Wir passen aufeinander auf und gehen einander nie wieder verloren, *d'accord*?«, fragt Valérie.

Sie reichen sich feierlich die Hand, um sich das Versprechen zu geben, das ihre Mutter von ihnen eingefordert hat.

»Ich schwöre es«, erwidert Matteo.

»Ich schwöre es auch«, sagt Valérie.

Und egal, wie das Abenteuer und ihre Suche nach der *Großen Gabe* auch weitergehen wird, diesen Schwur werden sie niemals brechen.

EDITH PIAF war eine weltberühmte, französische Sängerin. Sie lebte von 1915 bis 1963. Ihr Grab auf dem Pariser Friedhof *Père Lachaise* wird auch heute noch von Fans aus aller Welt mit frischen Blumen geschmückt.

Der im Buch beschriebene **KUNSTRAUB** von Valérie und Matteo hat im Jahr 2010 tatsächlich fast genau so stattgefunden. Eine Person stieg durch ein Fenster des *Museums für Moderne Kunst* im *Palais de Tokyo* ein, knackte ein Vorhängeschloss und stahl fünf Bilder, darunter den *Olivenbaum* und die *Dame mit Fächer.* Zusammen haben die Gemälde einen geschätzten Gesamtwert von fast 100 Millionen Euro. Sie sind bis heute nicht wieder aufgetaucht.

Schütze, Andrea
Valérie
Die Meisterdiebin von Paris
ISBN 978 3 522 50691 5

Gesamtausstattung: Alexandra Helm
Innentypografie und Satz: Tanja Haaf
Reproduktion: DIGIZWO GbR, Stuttgart
Druck und Bindung: GGP Media GmbH, Pößneck

FSC www.fsc.org
MIX
Papier | Fördert gute Waldnutzung
FSC® C014496

6. Auflage 2024